うか？」
そう深く考えずに。
ができたとでも考えてください」
には弟がいるが、
妹はいないし、欲しくもない」
AKUYAKU REIJO LEVEL 99
悪役令嬢レベル99
その4
～私は裏ボスですが魔王ではありません～

レベル測定で出た数字は
驚異の……レベル13!?
「よし、世界を滅ぼしましょう」
「落ち着けユミエラ、冷静になれ」
「完全に八つ当たりですわ……」
ユミエラ・ドルクネス
乙女ゲームの悪役令嬢にして
「裏ボス令嬢」。
エレノーラ・ヒルローズ
元・公爵家の一人娘。
押しの強い天然。

パトリック・アッシュバトン
辺境伯の次男。ユミエラの婚約者。
ギルバート
隣国レムレストで出会った
謎の青年。

兄からの手紙の内容は——？
「レムレストとの戦争に負けろ……か」

AKUYAKU REIJO LEVEL 99
悪役令嬢レベル99
その4
～私は裏ボスですが魔王ではありません～
七夕さとり
Illust. Tea

口絵・本文イラスト
Tea

装丁
AFTERGLOW

AKUYAKU REIJO LEVEL 99

CONTENTS

プロローグ

バルシャイン王国の王城。

国王の執務室は、夜だというのに本を読めるほどに明るかった。

見栄《みえ》を張りたがる貴族の部屋は、珍しい異国の品や、更に希少な別大陸の物が多くなる。しかし国王の執務室にある調度品は、ほとんどが自国の職人が作り上げた物だ。外国製と一目で分かるのは、今もこの部屋を照らしている照明魔道具くらいだろうか。


質実剛健な執務室の主《あるじ》は極めて多忙だ。並べられた書類に目を通しながら、執務机の前に立つ男の報告を聞いていた。

王の顔には眼鏡《めがね》がある。最近は手元の小さな文字が読みづらく、眼鏡は手放せなくなっていた。

彼自身は齢《よわい》五十に満たずして老眼鏡を使っていることを隠したがっており、この場所以外に持ち出すことはまず無い。あのユミエラ・ドルクネスを御していると評判のバルシャイン国王とは思えないエピソードだ。

国王は書類から目を離して眼鏡を外す。男の話に集中することにしたようだ。

男が直立のまま報告を終えると、国王はこめかみに手を当て悩ましげに言った。

「そうか。彼女の行方《ゆくえ》は、未《いま》だ分からぬままか。消えたと聞いたときは、すぐ近くで見つかると思ったのだがな」

「申し訳ありません。大々的に指名手配もできませんので、思うように捜査網を広げられず……」

年若い男は「申し訳ない」と口では言っているが、余裕があるかのように薄い笑いを浮かべていた。しかし、彼は笑顔が標準の表情であり、内心は焦っていることを国王は察知している。

笑みを絶やさぬ男の名はロナルド。どこの家の出かを重視される貴族社会の中心地において、彼の姓を知る者は少ない。ロナルドが悪名高きヒルローズ家の出身だと知られれば、彼が王城を追い出されることは想像に容易《たやす》い。

不穏分子を巻き添えにして、公爵家を終わらせる覚悟をしていたヒルローズ公爵は、息子であるロナルドを国王に仕えさせていたのだ。今では、国王が一番信頼している臣下は誰かと問われたときに候補に挙がるほどの人物となっている。

信用と有能さを合わせ持つロナルドは、王があまり表に出したくない仕事を秘密裏にこなしてみせる。今回の行方不明者の捜索も、内々に済ませたい案件だ。

「彼女は王国の切り札となりうる存在だ。人物の追跡に長《た》けた人員を、追加で数人回そう。何としてでも見つけて連れ戻してほしい」

「ご高配、痛み入ります」

「頼む。……しかし、手がかり一つ無いのか？」

「そうです。不自然なほど目撃情報が全く上がってきません」

国王は行方不明の「彼女」について思案する。

長距離を移動すれば絶対に足がつく。街道の見張りもいれば、通行人も多い。逆に人の少ない場所を移動するのも、人がいないからこそ目立つはずだ。

「案外、近場に潜伏しているかもしれないな」

「それなら良いのですが……彼女はそんなことを考えるでしょうか？」

「言ってみただけだ」

ロナルドの言う通り、彼女は追っ手の目から逃れるために潜伏するようなタイプではない。国王の知る彼女は、良い意味でも悪い意味でも素直であった。遠くへ遠くへ一目散に逃げるだろう。

では、彼女は一体どこに雲隠れしたのか。

「協力者がいるのだろうな」

「はい。間違いないかと思います。既に国外に逃れていても不思議ではありません」

移動に足がつくのは彼女が単独だと仮定した場合だ。逃亡を手引きする者がいれば、人目に付かずに国外に移動することすら容易い。小柄な彼女が馬車の積み荷に紛れてしまえば発見は困難だ。

「対外的には誘拐となるのだろうか」

「誘拐……ですか？　彼女が本気で抵抗すれば痕跡《こんせき》が残るはずです」

「何も麻袋を被《かぶ》せて力ずくで拉致《らち》するのだけが誘拐ではないだろう。甘い言葉で唆して、自らの意思でついて来させるのも誘拐だ」

「理解しました。陛下は、彼女が何者かに唆され、その場で逃げる決断をしたとお考えなのですね」

「エドウィンに聞いたところ、事前に協力者と通じている様子は無かったようだ。そう考えるのが自然だろう」

あの事件以来、彼女は塞《ふさ》ぎ込んでいた。心を開いていたのは第二王子エドウィンくらいである。

ロナルドはしばしの黙考の後に口を開いた。

「一番深刻なケース、他国に拐《かどわ》かされた場合のみを考えます。他の線は一度消して、それだけに注力しましょう」

「頼んだ。何としてでも彼女を、アリシア・エンライトを連れ戻してくれ」

国王の言葉を受けて、ロナルドは深々と礼をする。

彼らの会話に頻出した「彼女」とは、アリシア・エンライトのことだ。

世界的に希少な光魔法の使い手にして、闇属性に対する絶対的な切り札。ユミエラ・ドルクネスに対抗しうる王国最大の手駒である。

国王の執務室。ロナルドと入れ違いになるように、また男が入室してくる。

「戻ったか。その顔を見るに、やはりダンジョン内には留《とど》まっていなかったようだな」

「申し訳ありません」

先ほどまで執務室にいた笑顔を貼り付けた彼とは違い、男は酷《ひど》くやつれた表情をしていた。

彼はバルシャイン王国が誇る騎士団長アドルフ。数年前まで王国最強と謳《うた》われていた剣士である。その当時は驚異のレベル60。彼の特筆すべき点は、魔法の素養が一切無かったことだろう。貴族に優秀な魔法使いが多いことからも分かる通り、魔法は遺伝による影響が大きい。いくらレベルを上げて体内の魔力量が増えても、それを各属性に変換して出力するには才能が必要だ。

バルシャイン騎士団長の存在は、魔法の才を持たざる人々の希望であった。純粋な剣術だけで、あそこまで登り詰めることができると身をもって証明したのだ。

しかし彼は驕《おご》らなかった。魔法を使えないという劣等感があったとしても、名実ともに王国最強であるにもかかわらず一位の座にこだわりを見せなかった。引き抜きたくて堪《たま》らない諸外国の王族がいくら褒め称《たた》えたところで「いつの日か私を超える逸材が現れるでしょう」と謙遜《けんそん》してみせた。

国王はアドルフを、武芸者としてはもちろん人格者としても尊敬していた。

強き者が責任を感じて憔悴《しょうすい》している様子を見て、国王は労《ねぎら》いの言葉をかける。

「あまり気に病むな。お前が責任を感じることではない」

「いえ、部下の不手際は私の責任です。事が落ち着いた際には、どうか処罰をお下しください」

彼が言うように、アリシア失踪《しっそう》事件には騎士団が関わっている。

一年半前、魔王討伐パーティとして魔王城に出向いたアリシアは、あろうことか仲間であるユミエラを背後から刺したのだ。その後ユミエラは回復して魔王も倒してしまったから良かったものの、あと一歩で王国が魔物の軍勢に飲み込まれる事態になっていた。

そんな事実を公表するわけにもいかず、内密に処刑もやむなしと思えたが、被害者であるユミエラから助命嘆願があった。表向きには戦いで深い傷を負ったことにし、実際には王城に幽閉されている……と、ここまでがユミエラに伝わっている話。

アリシアが王城の一室に幽閉され、自由の無い生活を送っているのは事実だ。ただし彼女は頻繁に外に連れ出されている。行き先は王都近郊のダンジョン。護衛と監視を兼ねた騎士団と一緒にレベルを上げさせられていた。

ダンジョン内での戦闘の休憩中、花を摘みに行くと離れたアリシアが忽然《こつぜん》と姿を消してしまった。

これが事の発端だ。


「申し訳ありません。彼女の重要性を承知しておきながらの失態です」

「過ぎたことは仕方あるまい。こうなってしまった以上、彼女は何としてでも見つけ出さねばならないが」

「もしものときは、単独ででもドルクネス伯爵に突っ込みましょう」

アドルフの言う「もしも」は二重の意味がある。もしもアリシアが見つからなかった場合に加えて、もしもユミエラと王族が対立したときの話だ。

現状はユミエラと友好関係を築いているバルシャイン王国であるが、彼女の気分次第でどうとでも変わる。ユミエラが力に溺《おぼ》れて大陸統一でも企てたとき、王国は止める手段を持つ必要がある。

彼女にそんな気が無いことは国王も十分承知だ。しかし、実行するかしないかではなく、実行できるかできないかが重要なのだ。

そんな「もしも」があったときのプランが騎士団長アドルフと光魔法のアリシアによる共同戦線だ。他にも人員はいるが、この二人を中核に計画が練られている。

だからこそアドルフとアリシアの強化は急務である。アドルフは実務の割合を減らして自らの鍛錬に努め、アリシアはダンジョンに送り込まれていた。

それだけ対策してさえユミエラは手強《てごわ》い。人並み外れた身体能力、広域殲滅《せんめつ》に特化した闇魔法、自らの傷を癒やす回復魔法……単体で戦闘の全《すべ》てが完結している。完全無欠の戦闘マシンに吶喊《とっかん》すると言い出したアドルフに、国王は諭すように言った。

「一人でユミエラ嬢に突っ込めなどとは言わない。ただでさえ勝ち目の薄い勝負、私はアドルフを失いたくない」

「騎士団の部下たちも順調に育っています。私など幾らでも替えの利く人員。陛下、有事の際は情を抜きにして使い潰《つぶ》してください」

「そんなことはない。私はお前が世界最強の剣士であると信じている。魔法を抜きにすれば、さしものユミエラ嬢もアドルフには敵《かな》わないだろう」

魔法は才能によるところが大きい。ユミエラの強さの根源は闇魔法であり、それが無ければアドルフに軍配が上がるし、そもそもレベル99まで到達できたかさえ怪しい。そんな持論を元に国王は言った。

しかしアドルフは、悲しそうに首を横に振った。

「陛下に評価していただけるのは嬉《うれ》しいのですが、そのお考えは間違いでしょう。闇魔法が無くとも、回復魔法が無くとも、彼女はレベル99になっていたはずです。ユミエラ嬢が学園に入学してすぐ……謁見《えっけん》の場で僅《わず》かな言葉を交わしただけで分かりました」

「そんなに卑屈になるな。お前は強い」

「いえ、事実を申したまで。私は彼女に敵わないと思ってしまった。嫉妬《しっと》などの感情は湧《わ》きませんでした。それが私の弱いところなのでしょう……一番の座にこだわりが無いのです」

謙虚なことは騎士団長の美徳だと考えていた国王にとって、話の内容は興味深いものだった。確かにユミエラであれば自分が一位から二位に陥落したとき、大変に悔しがり一番の座に返り咲こうと必死になるだろう。ある種の高慢とも取れる自信が彼女には存在する。

「……そういうものであるか」

「失礼、無駄な話で陛下にお時間を取らせてしまいました。ロナルド殿による捜索はどうなっているのでしょうか」

「手がかりなしだ。他国の人間が彼女を連れ去ったと見て、捜査を続けている」

「まさかダンジョン内で手を出してくるとは……。ダンジョンで生計を立てている冒険者は身分がはっきりしない者が多い。紛れ込むのは簡単でしょう」

「良く言えば大胆、悪く言えば短絡的な手だ。またレムレストの一部が暴走したのではないかと予想している」

レムレスト王国はバルシャインの隣国だ。小さな国ではあるが魔道具の開発能力に長《た》けた技術国である。現在は跡継ぎ争いが発生しており、一部の人間が短絡的な行動を起こすこともしばしばある。

「レムレストですか……十分行ける距離ですね」

「まさか、お前が潜入するつもりか？」

「少しばかり変装すれば、正体が露見することは無いはずです。向こうの諜報《ちょうほう》員が彼女を見つけたところで、強引に連れ戻すことはできません。私が現地にいることに意味はあるでしょう」

アドルフには劣るとはいえアリシアの戦闘能力も相当なものだ。レムレストに潜む非戦闘員では強硬手段に出ることができない。

正体がバレたときの外交問題、一時的な騎士団長不在による影響、様々な可能性を考え抜いた末に国王は回答を口にした。

「分かった。アドルフにはレムレストに向かってもらおう。向こうの王都に到着次第、現地駐在の者と連携してアリシア・エンライト捜索に加われ」

「御意に」

かくして騎士団長アドルフはレムレストに向かう。

ユミエラがレベル99の上限を超えていることを、彼らは知らない。

一章　裏ボス、レベルを測る

季節は秋。ドルクネス領に来て、初めての収穫祭も近づいてきた。

この場所で数年は過ごした感覚だが、学園を卒業してまだ一年も経《た》っていない。ヒルローズ公爵の壮大な自害を食い止めたり、並行世界の私であるユミエラ2号が出てきたり、色々あったので時間感覚がおかしくなっているのかもしれない。

邪神を倒してから、そろそろ一ヶ月。並行世界の時間を巻き戻して消耗した体も本調子だ。でも肉体は絶好調でも心は未だにダメージが残っている。何だよ、神聖ドルクネス帝国って……。

2号ちゃんのスピード建国については忘れよう。もっと楽しいことを考えよう。

楽しいこと、面白いこと……私の脳裏に、婚約者であるパトリックの顔が出てきた。……そうか！　レベル測定だ！


学園の入学式でも使われた、あの水晶型の魔道具は我が家にもある。一家に一台、レベル測定器。中々に高価な代物だったが、買わない選択肢は存在しない。たまに引っ張りだし、99の数字を見てニヤニヤするのに大活躍だ。

あと、パトリックのレベルも測れる。そろそろレベル99になっているんじゃないかな？

カンストしていたらお祝いだ。レベル99おめでとうパーティーを計画したりもしたが、何故《なぜ》か結婚式の計画にすり替わっていたので、ひっそりとしたものになるだろう。

それに、私のレベルも確認しておきたい。2号ちゃん騒動のショックですっかり忘れていたが、私はレベル上限を超えた存在になったのだ。さてはて、百か千か万か。今までは99が限界だったものが青天井になっているのか、新たな上限が設定されているのか、知りたいことは山ほどある。

「レベルは上がるよ、どこまでも～。囲炉裏と竹藪《たけやぶ》のアシンメトリが乖離《かいり》～」

完全オリジナルソング「レベル上げの歌」を歌いつつ例の水晶を取りに向かう。

偶然、前半部分の歌詞が既存曲と被っていたときのために、後半で著作権対策をしている。パクリだと難癖を付けられないためにオリジナリティ溢《あふ》れる作詞をしてみた。

替え歌疑惑を払拭《ふっしょく》するためにメロディも奇抜にしている。民謡とメタルを混ぜた感じ。

いよいよサビだ。演歌っぽさとオペラっぽさも混ぜつつ歌う。

「悪辣《あくらつ》なデバイスが狩人《かりうど》に隕石《いんせき》を教える～」

「止《や》めてください！　すごい不安になりますわ！」

屋敷の廊下。上機嫌で歌っているところを青ざめたエレノーラに止められる。今は我が家の居候、少し前までは公爵令嬢である彼女とは学園時代からの付き合いだが、ここまで露骨に嫌そうな顔をするのも珍しい。

そういえば前世でカラオケに行ったときも、友達に苦言を呈されたことがあった。怪電波と言われたこともある。自覚が無いだけで私は音痴なのかもしれない。

「ああ、ごめんなさい。私の歌、下手《へた》でしたよね」

「下手は下手ですが……その域を超えている気がしますわ」

そこまで下手じゃないと言われることを期待して謝ったが、エレノーラは追い打ちをかけてきた。

下手を超えているって……もしかして……？

「それは、逆に上手《うま》いということで？」

「違います。頭がおかしくなりそうという意味ですわ」

エレノーラちゃんの目が怖い。半分くらいは本気で怒っている雰囲気だ。

意外にも彼女は芸術関係に博識だ。私の中途半端な歌は許せなかったのだろう。歌詞は問題ないとして、メロディで奇をてらいすぎたのかも。

「特にどこら辺が駄目でした？　私の歌い方ですか？　メロディですか？」

「一番酷《ひど》いのは歌詞ですわ！　何なんですの、あの不安を煽《あお》る言葉の羅列は！」

自信のあった歌詞まで否定されてしまった。何も、そこまで言わなくても……。流石《さすが》の私も傷つく。優しいエレノーラに言われたのが余計に辛《つら》い。

常人ならここで心が折れて、人前での歌唱を封印するところだ。でも私は挫《くじ》けない。頑張って練習して、彼女に認めてもらえるくらいには上達したい。

「分かりました。今度改めて披露しますので、ぜひ聞いてくださいね」

「……………ユミエラさんは、どこに向かう途中でしたの？」

「レベル測定の水晶を取りに行こうと――」

「見たい！　わたくしもあの水晶が見たくてたまりませんわ！」

あれ？　エレノーラがそんなに食いつくとは思わなかった。

今までは興味なさそうだったのに、急に様子が変わった原因は何だろうか。もしかして、彼女も私に隠れてレベルを上げていた？　自分の成長を確かめたいのなら、この前のめりっぷりも頷《うなず》ける。

「では、一緒に測りましょうか」

「ぜひ！　わたくし、レベル測定大好きですわ！」

ああ、友達に趣味を布教するのは楽しいなあ。

一緒にレベルを測るのは、そこはかとなく友達っぽい。歌はそこまで好きじゃないので後回し。

いざ水晶へ。止めていた足を動かすと、後ろからボソッと声が。

「ふぅ……助かりましたわ」

「え？　何ですか？」

「今はレベルですわ！　ユミエラさん急いで！」

レベル上昇に伴い、私の聴力は強化されている。がしかし、人の話を聞き逃すことは普通にある。

声が低かったり小さかったりすると、周波数が合っていなくて脳が認識しない感じだ。

ユミエライヤーに入る全《すべ》ての音を二十四時間認識していたら脳がパンクしてしまうだろう。

そんなわけでエレノーラの呟《つぶや》きの内容は分からなかった。彼女に急《せ》かされるまま、私は廊下を進む。

「水晶って入学式で皆さんが使ったあれですわよね？　お家《うち》にもありましたのね」

「その水晶で合ってますよ。懐かしいですね。私が大注目されてしまった原因なんですけど」

「大注目？　わたくし、入学式のことはあまり憶《おぼ》えていませんわ」

「レベル99で大騒ぎになったあの入学式ですよ？　エレノーラ様も見ていましたよね？」

「ごめんなさい。わたくし、ユミエラさんを知ったのは入学式の少し後ですの。入学式にいたんだろうな、とは思っていましたわ」

昔を懐かしんでいたら衝撃の事実が発覚した。エレノーラ様、レベル99の人間を見ても記憶に残らない。

あのタイミングで全校生徒に目を付けられたと思っていたのだが……。彼女がある意味大物すぎて、また一つ見直した。

私を認識していなかったことを負い目に感じているのか、彼女は無理に声の調子を上げて言う。

「入学式と言えば！　ユミエラさんとパトリック様が、運命の出会いを果たした瞬間ですわよね！あのときから、何か感じるものがありましたの？」

「あ、入学式ではパトリックを認識してないですね。レベルが若干高い人がいるなあ……くらいには記憶に残っていたような気もします」

「ええ、目と目が合った瞬間に胸が高鳴ったりは……」

「無いですね」

ロマンチック要素ゼロの回答に、エレノーラがしょぼんとなってしまった。現実ってそんなもんだよ。目が合って恋に落ちるとか、そうそうあるもんじゃない。

そんな懐古をしている間に目的地に到着した。屋敷一階にあるそこは、倉庫状態になっている部屋だ。使っていない家具などが押し込まれている。

リタなどは私が倉庫部屋に行くのに良い顔をしないが、わざわざ使用人を呼びつけて持ってこさせる方が私は申し訳ない。

「前に使ってどこに置いたか……ああ、ありました」

使用頻度の高いそれは、入室してすぐの棚に置かれていた。

両手で持ちエレノーラに見せる。

「これで測定できますね」

「そうですわね」

おや？　先程までレベル測定にノリノリだったエレノーラの反応が鈍い。

折角なのだから気分を盛り上げてほしい。何か、場がアゲアゲになる方法は……。

「歌かな？」

「ああー！　水晶ですわ！　やった！　早く測りましょう！」

「え、あ、はい」

エレノーラのテンションが急速上昇した。やっぱり自分のレベルを確かめたかったんじゃん。

それならエレノーラに一番を譲ろう。

もちろん、ここでやる。自室に持っていって……なんて面倒なことはしない。私は買った肉まんをコンビニ前で食べてしまうタイプなのだから。

手近にあった小さくて背が高めの机。花瓶を置く以外の用途が思いつかないそれに水晶を置き、エレノーラに手を置くよう促す。

「ではどうぞ、これに手を乗せるだけです」

「……はい」

彼女は首を縦に振り、右手を差し出す。

私は今まで、エレノーラはレベル1だと思っていた。魔物を倒したことがなければ当然だ。しかし、やたらと水晶に興味を示す彼女の様子を見るに彼女は隠れてレベルを上げていたのだろう。たびたびリューと二人で出かけていたのは、そういうことだったのだ。最強格のドラゴンと一緒なら安全も確保できている。

果たして、エレノーラのレベルは――

「あ、レベル1ですね」

「まあ、そうですわよね」

レベル1だった。しかも本人が知っていた。なんで？　なんで測ろうと思ったの？

脳内が疑問で埋め尽くされていると、最弱のお嬢様は水晶の前から退く。

「次はユミエラさんの番ですわよ」

「私は最後にします。パトリックの次に」

「あれ？　まだ調子がよろしくありませんの？」

「……もちろん理由はありますよ」

レベル測定を遠慮しただけで不調認定された。まあ、いつもの私は、我先にと水晶に向かう感じだからしょうがない。

私が最後に回る理由は当然ながら存在する。

先日の一件にて、私はレベル99の上限を突破したのだ。もちろん百は超えているし、もしかしたら千や万に達しているやもしれない。

完全に規格外。チート級の強さを手にしているわけだ。「レベル99が上限の世界で私だけレベル9999999999な件について」みたいな頭が悪いタイトルの状況だ。

あ、本当にそういう本があったらごめんなさい。完全一致じゃなくても、似た感じのはある気がする。まあ私自身が、レベル99の悪役令嬢という頭の悪い状態なんで許してください。

話が逸《そ》れた。そういうお話の定番展開として、レベル測定の水晶が割れてしまう……というのがある。限界を超えた力に、魔道具が耐えられないのだ。

私の予想では、八割の確率で水晶は破損する。割れるか爆発四散するかは不明だが絶対に壊れる。

残り二割はそうだな……測定不能でエラー表示、99を超えたレベルが表示の二つがそれぞれ一割ずつといったところだろうか。

二割の方を引いても、がっかりはしない。エラーは壊れるのと似たようなものだし、ちゃんと数値が分かるのも良い。

長くなった。以上、私がパトリックの次に魔道具を使う理由だ。

おおよそを説明すると、エレノーラは納得顔だった。

「なるほど。ユミエラさんが、また物を壊すからですわね！」

「また物を壊す⁉」

「ええっと……合ってますわよね？」

そんな、私はいつもいつも物を壊しているわけじゃ……と反論しようとするが、脳内に今まで壊してきた数々の物品が浮かんでくる。危険な物から貴重な物まで、色々と壊してきたなあ。

壊し屋ユミエラを肯定するのも嫌なので、エレノーラの問いかけへの返答は無言とする。

「……ということで、パトリックを探しましょう。こちらから出向かずとも、そろそろ現れる気がしますが」

「そうそう都合よく、パトリック様が来たりはしませんわ」

彼女は懐疑的だが、パトリックが都合よく現れる率は異常である。あー、パトさん来ないかなー。と思っているといつの間にかいる。

そういう都合の良い男……と言うと印象が悪い。タイミングの良い、も違うな。

うーん……あ！　ピンチに颯爽《さっそう》と現れる！　そうだ、パトリックはピンチに颯爽と現れる男なのだ！

「助けて！　パトリックー！」

「助けてに、もう少し感情は込められませんでしたの？」

「でも来ますよ。子供を誘拐したら、もっと来やすくなりますよ」

「そういうもの……ですの？」

そう。来る。彼はきっと来る。信じれば絶対に来る。

――五分後。

「来ませんね」

「そうですわね」

来なかった。現実は非情だ。幸せとは、やって来るものではなく、探しに行くものだったのだ。幸せの青い鳥は、結局チルチルとミチルの家にいた。でも、二人の旅は、青い鳥を探した過程は、絶対に意味のあるものだった。

幸せは身近にあるかもしれない。だが、幸せを自ら探しに行く姿勢が！　何よりも尊いのですよ！　あ、丁度良いところに同居人が来ないねって話です。

私が幸せについて考えていると、エレノーラは水晶をひょいと持ち上げる。

「また変なことを考えていますわね。早く行きますわよ」

「落とさないでくださいね」

水晶を持ち上げて歩き出すエレノーラは、見ていて危なっかしい。

落とさないでね？　私のレベルに耐えられずに壊れる予定なのだから、床に落ちて壊れるなんてオチは許されない。

エレノーラと二人、屋敷を歩き回り、幸せの青い鳥……じゃなくてパトリックを探す。

私室にはいない、執務室にはデイモンだけ。あとはどこだろうかと考えていると、玄関先から声がする。少し出ていた彼が帰ってきたようだ。

「おかえりなさい。ご飯にする？　お風呂《ふろ》にする？　それとも――」

「おかえりなさい、パトリック様。はい、この水晶に手を置いてほしいですわ」

大事な部分をエレノーラに遮られてしまった。

まあ、いいか。おかえりなさいの後だから、義務的に言おうとしただけだし。

両手で抱えた水晶を差し出すエレノーラは満面の笑みだ。かわいい。水晶を突きつけられたパトリックは少し嫌そうだ。ありえない。

「ただいま。あー、それは後でにしよう。今やらなければいけないことでは――」

「パトリックが先にやらないと、私の番が来ないでしょ」

表情から彼が嫌がることを察していた私の動きは速かった。

パトリックの手首を両手でガッチリと掴《つか》み、水晶に近づける。彼は抵抗して、手を引っ込めようとするが無駄だ。

エレノーラが手に持った水晶を上げて、パトリックの手のひらに押し付ける。

私と彼女の合体技だ。これを「強制レベル測定」と名付けよう。レベル測定を強制する技だ。

「よしっ！　流石《さすが》エレノーラ様！　数字を見てください！」

「ええっと……99！　99ですわ！　パトリック様すごい！」

魔道具に表示された数字を見たエレノーラは、嬉《うれ》しそうにぴょんぴょんと跳ねる。落とさないでね？　床に叩《たた》きつけて水晶が割れるってオチは絶対に駄目だからね？

しかし、エレノーラの喜びぶりも分かる。私も自分のことのように嬉しい。ああ、パトリック、こんなに立派になって……。

「息子が成長したときの母親の気持ちだ」

「お前に育てられた覚えは無い」

反抗期かな？　お母さん、あなたがバイクで暴走するならCBXに乗ってほしいです。

直列6気筒エンジンの音マネを披露しようと思ったが、ここはふざけないで素直にお祝いしよう。バイクのモノマネはまたの機会に。

「おめでとうパトリック」

「……ありがとう」

レベルがカンストしたのに、彼はあまり嬉しそうに見えない。測定を嫌がったのも含め、なぜだろう。そういえば最近、パトリックはあまり自分のレベルについて話さなかった気がする。

どうして？　レベル99だよ？　恐らく世界で二人目の。

私とパトリックが世界最強なのに……ん？　最強は二人もいらない。昨日《きのう》まで、世界一位は私だったのに、今は同率一位だ。

世界最強決定戦を開催しないと。戦いは既に始まっている。

私はパトリックとの間合いを見極めながら言う。

「どちらが世界最強か、決めるときが来たようね」

「はぁ……こうなると思ったから嫌だったんだ。ユミエラが最強でいいから、構えるのを止めてくれ」

「あっ！　自称最弱主人公みたいなこと言って！　何やかんやで裏ではパトリックが一番強いヤツじゃん！　表向きだけ最強の私が噛《か》ませ犬みたいじゃん！」

おおよそ物語において、どちらが強いかを決めたがる方は弱い。まあまあ戦わなくてもと言う平和的な方が実は強かったパターンである。

違うぞ。私の方が強いぞ。

戦意十分な私だが、どうやらパトリックはやる気が無いようだ。彼に可哀相《かわいそう》なものを見る目を向けられる。

「……出会った当時のユミエラは、もう少し理知的じゃなかったか？　最近、どんどん凶暴になってないか？」

「そこまで変わってないと思うけど」

私は昔からこんな感じだったと思うけど。長く一緒にいて、色々な部分が見えてきたからじゃないかな。凶暴な部分は無いと思うけれども。……いけない話を逸らされるところだった。今は最強決定戦の最中《さなか》だ。

私はパトリックに少しずつ近づき、有利な間合いに詰めつつ言う。

「理知的に考えた結果よ。基本的にレベルが高い方が強い、レベルが同じなら直接戦って確かめるしかない。……ほら、論理的でしょ？」

「ろんりてき？」

パトリックは「論理的」の意味が分からないとでも言いたげな様子で言う。

レベル99が二人、どちらが強いかは戦って確かめるしかない。基礎ポテンシャル、いわゆる才能が優れている方が勝つかもしれない。剣術や魔法の精密さなど、レベル以外の部分で勝敗が付くかもしれない。

二人ならば、相性による三竦《さんすく》みになることも無いので、憂いなく戦ってもらって大丈夫だ。

さあ、地上最強の夫婦喧嘩《ふうふげんか》を始めるぞ。

私が意気込み十分なところ、横合いからエレノーラが声を発した。

「ユミエラさん、レベル99を超えたと仰《おっしゃ》っていましたわよね？」

「あ」

「だからこの水晶を使おうとしていましたわよね？　少し前のことなのに、忘れてしまいましたの？」

「そうでした」

そうか。私はレベル99じゃなかった。エレノーラちゃんに指摘されるまで、全く気がつかなかったぜ。最強決定戦は、パトリックが高みに登ってきたら絶対にやろうと思っていたイベントだったので、気持ちが先行してしまった。

状況が変わって不要になったのに、予定の実行に固執しちゃうってあるよね。あるある。

前世、家庭的な女子大生をやっていたときの話。旅行が中止になったのに、それに持っていこうと思っていたモバイルバッテリーを買ってしまったことがあったな。電気屋に行く予定は無かったのに、無理に行って、帰ってバッテリーの箱を開けた瞬間にハッと気がついた。これいらないじゃん。

盲点だったな。じゃあ世界最強は引き続き私ってことで大丈夫？　念の為《ため》、最強決定戦やっとく？

戦闘態勢を解こうか迷っていると、パトリックはここぞとばかりに私を説得にかかる。どんだけ戦いたくないんだよ。

「そうだ！　ユミエラはレベル上限を超えている。つまり、レベル99の俺よりユミエラの方が強いな？　だから戦わなくていいだろ？」

「私が、世界一位？」

「ああ、ユミエラが世界一位だ」

「よしんば、私が世界二位だったとしたら？」

「……それは、二位なんじゃないのか？」

世界二位は世界二位だった。世界二位が世界二位でも、世界一位は世界一位であって、私は世界二位ではなく世界一位なので、私が世界一位ってことですね。

そうか、じゃあパトリックと雌雄を決する必要は無いのか。

私が戦闘態勢を解くと、彼は大きくため息をついて言う。

「助かった。ありがとう、エレノーラ嬢」

「ユミエラさんのレベルの件、パトリック様も忘れていましたの？」

「先程のような事態になることを、ずっと危惧《きぐ》していて……前提条件が変わっていたと気づかなかった」

お、パトリックにも「あるある」があった。

彼がレベル測定を嫌がっていたのは、私が戦いを所望すると予期していたからか。イマイチ腑《ふ》に落《お》ちない。世界最強に興味の無い男の子なんているの？

まあ、いいか。レベルが上限一杯になったパトリックに、もう水晶は必要ない。私が存分に壊してしまっても構わないわけだ。

「それじゃ、私の番」

「どうして俺が帰るのを待っていたんだ？　ユミエラなら、いの一番に測りそうなものだが」

やっぱり私ってそういうイメージなんだ。

エレノーラにした説明を、パトリックにも簡略に話す。私のパワーに耐えられず、水晶が壊れてしまう可能性を述べる。

「そんなワケで水晶が壊れちゃうの」

「市場にいくらか出回っているとはいえ、貴重な物だ。壊すなよ」

「だから、不可抗力で壊れちゃうんだって！」

「故意にやるなよ？」

そんなことするはずないじゃん。不可抗力で物理的に壊れるか、エラー表示になるか、三桁《さんけた》以上の数字を表示するか、この三つだけだ。自らの意思で大事な魔道具を壊すなんて、ありえない。

パトリックの「コイツ、わざと壊しそうだな」という視線が辛《つら》いので、さっさと測ってしまおう。

「じゃ、測りまーす」

「はい、どうぞ！」

笑顔のエレノーラに水晶を差し出される。

このままの状態で水晶が爆発したら、彼女の手が血だらけになってしまう。飛び散った破片が顔にでも当たったら大変だ。

私は、手近にあった机から花瓶を退《ど》かす。

「爆発しますから、ここに置いてください」

エレノーラは少し不満げな顔をしつつも、指定の位置に水晶を置いた。その後、流石に爆発は怖いのか数歩下がる。

逆に、パトリックは警戒して一歩前に出る。大丈夫だよ。爆発の被害は私が全部処理するから。

それじゃあ、爆発まで３・２・１・発破！

「ん？」

水晶に軽く触れるも、変化が起こらない。

爆発する様子は、微塵《みじん》も感じられなかった。

なぜだろう。エラー表示されるパターンだったかな？

呆然《ぼうぜん》として周囲を見回すと、ホッとした顔のパトリックと目が合う。そんなに爆発が嫌だったのか。

仕方ない。気を取り直して、エラーか三桁超えの数字かを確認しよう。

水晶に目を戻そうとすると、パトリックの横をサッとエレノーラがすり抜ける。

危険は無いだろうという判断で、彼女は誰《だれ》の制止も受けずに近づいてきた。水晶を挟み、私の真向かいに立つ。

そして、エレノーラは屈《かが》んで水晶を覗《のぞ》き込んだ。

「13！　……ですわ！」

「はい？　13？」

レベル13って何やねん。私のレベルがそんなに低いわけないだろうに。

あ、「13」ではなくて「13！」ってことかな？　13の階乗だ。13×12×11×10……と続き、ええっと……10の階乗に11から13を掛けて…………60億くらい？

レベル60億とは誇らしい。カンストしてから溢《あふ》れさせた分がここまで貯《た》まっていたとは。

私が感動に打ち震えていると、パトリックも近づいてきて水晶を覗き込む。

「ああ、本当に13だ。これは一体……？」

「いいじゃない。13！　……でしょ？」

「なぜ声を張り上げたんだ？」

パトリックの言い方じゃ、ただの13みたいじゃないか。

ん？　水晶には、どう表示されているんだ？

測定したレベルが階乗で表示されるとも考えにくいし、約60億の数字が出ているとしたら、エレノーラは何故《なぜ》わざわざ言い換えた？

そうだ思い出した。エレノーラちゃんは１００引く77は33だと断言するくらいの御仁だ。億を超えるような数字を見たらフリーズして、一生懸命に一十百千……と桁を数えるはずだ。

嫌な予感がする。暑くもないのに背中を汗が伝う。

背中の不快感を無視して、水晶を覗き込む。手は添えたまま、水晶に覆いかぶさるようにして、測定結果を目にする。

「じゅう……さん……？」

私の目に入った数字は13だった。12より大きく14より小さい自然数。英語で言うとサーティーン。

その他の表記は無く、悪魔の数字のみが水晶に浮かび上がっている。

一度、手を離してから再測定しても結果は同様だった。

目がおかしい可能性も考慮して、パトリックに尋ねる。

「13だよね？」

「13だな」

「13でしたわ」

世界がグニャアと曲がる。視界がグルグルと回る中、私は誰よりも冷静だった。

冷静に、レベル13の測定結果を受け入れる。私は冷静である。

そして、冷静に、次にやるべきことを、冷たく静かに述べる。

「よし、世界を滅ぼしましょう」

「落ち着けユミエラ、冷静になれ」

私の目的はレベル測定の結果が間違いだと証明することだけだ。何としてでも、私はレベル13ではないという根拠を見つける。

「私は冷静よ。この結果が間違いだと証明できなければ、世界の全《すべ》てを壊す」

「完全に八つ当たりですわ……」

もし、どうしても証明ができなかったならば、全てを壊しつくす。レベル13の人間が世界を滅亡させるなんてできるはずないので、全ての崩壊をもってして測定結果が間違いだと証明されるのだ。

「そう。世界が消え失《う》せるのは、結果じゃなくて過程なの。証明終了まで行き着くための、致し方ない犠牲なのよ」

「俺が証明するから、落ち着いてくれ」

パトリックは私を引き止めにかかる。

そんなに本気にならないでほしい。私の予想が正しければそろそろのはずだ。

視界の端、影が揺らめき、変声期前の少年の高い声が私を止めにきた。

「待って、お姉さん！　お姉さんのレベルが13のワケ無いんだから！　世界をどうにかするのはちょっと待って！」

私は上手《うま》くいったと内心ほくそ笑む。

世界を壊すとかそんなイタいことを本心で言うわけない。私の発言は、人類には製造できないレベル測定の魔道具について、詳しく知っている人を呼び出すための罠《わな》だ。

魔道具の神にして、夢の神にして、闇の神である彼は、今も私の近くにいるはずだ。

「どうもレムン君、来ると信じていましたよ」

私の影から黒髪の少年が飛び出してくる。闇の神レムンだ。

自分の影に彼が潜んでいたら気がつくはずなので、私の知覚外から、私の影に跳んできたようだ。

この神様は人間個々人を何とも思っていない畜生だが、こと世界全体が関わると中々に必死に行動を始める。

レムンは私の思惑に気がついたようで、焦りの表情を徒労のそれに変える。

「なーんだ、急いで損した」

「ここまで簡単に引っかかるとは思いませんでした」

「そりゃあ必死にもなるよ。お姉さんは世界を丸ごと、どうにかできちゃうんだから」

「私が、自分のレベルが下がったからと、八つ当たりするような人間だと思いますか?」

「思うよ」

そうですか。思うんですか。……でも、レムンは人間の感情の理解を放棄しているところがあるからな。それに彼とは出会ってから日が浅い。

私がそんな人間では無いことは、パトリックならお見通しだっただろう。

「パトリックは分かってたよね。ああ、止めようとしたのは演技ね。私の考えを読んでたんでしよ？　さすパト」

「本気で止めていたぞ」

「ああ、そう」

レベルが低くなったことで破壊の限りを尽くすような、そんな人間だと思われていたみたいです。

でも、それは、パトリックとレムンの安全大好きな二人だからというだけだ。二人は常に最悪の事態を想定しているからね。杞憂《きゆう》であることが多いかもだけど、石橋を叩《たた》いて渡る精神は大事だと思うよ。

私の真の理解者は、吊橋《つりばし》を揺らして遊ぶ精神を持つエレノーラに他ならない。私は最後の希望である彼女に目を向ける。

「わ、わたくしは……ユミエラさんがレベル13になっても、変なことを始めないと分かっていましたわ！　と、当然ですわよね！」

エレノーラちゃんは私と視線を合わさず、あちらこちらへと目を泳がせながら言う。

ああ、そう。みんなが私を、普段どういう目で見ているか分かりました。

私はレベルの高さだけがアイデンティティである戦闘民族などではないのに……。

やはり人は、理解し合えない生き物なのだろうか。心の底の底を分かり合える方法は無いのだろうか……。

ヒトという生き物の不完全さについて嘆いていたが、今はやるべきことがある。

早く謎を解き明かさねば。私がレベル13であるはずがない。現に、レベル99の頃《ころ》とは桁違《けたちが》いの魔力を体内に感じている。

「私が弱くなってはいないのだから、魔道具が何かしらエラーを起こしていると考えるのが自然でしょ？」

「まあ、ユミエラがレベル13だと考えるのが一番不自然だな」

「そう。言ったでしょ？　私は冷静だって」

「うーん」

再三の冷静アピールをするも、パトリックは腑に落ちない様子だ。

冷静だって。冷静だから私はレベル13なんかじゃないと証明しなければいけない。急いではいないけれど、後回しにすることでもない。

「ほら、レムン君。早く調べてください。この魔道具は正常ですか？」

「お姉さん……何かイライラしてない？　冷静なんだよね？」

「冷静です、冷静ですから、早急に原因究明を。魔道具の神だとか名乗っていたでしょう？」

冷静である私は、冷静に貧乏ゆすりをしながら、冷静にレムンを睨《にら》みつける。

闇の神様は、指で水晶をつつきながら、ゆっくりと言う。

「これはねぇ……管轄外というか、ボクが生まれたときには既にあったからなあ。ボクたちって世界の管理はしているけれど、創造はそこまで関わってないんだよね」

「コレが正常に作動しているかが分かればいいです。正しい動作を前提に、なぜレベル13という出力が為《な》されたのかを絞り込んでいきます」

「それくらいならボクも分かるけれど……もう一度、手を置い――」

「はい」

レムンが指示を言い終える前に、素早く水晶に手を乗せる。

早く、早く結論を。急いでないけど、イライラしてないけど、すっごい冷静だけど。

彼は興味深そうに魔道具を眺め、たっぷりと溜《た》めてから口を開く。

「魔道具は正常。お姉さんはレベル13ってことだね。弱くなっちゃったねぇ、ふふっ、13って……たまに子供でもいるよね」

「ぐぎがぎがががが」

制御しきれなくなった感情と共に、体内を魔力が駆け巡る。

体中から闇の魔力が吹き出しそうになるのを何とかせき止めたが、このままではいつ決壊するか分からない。

屋外に行き、適当な魔法でも撃って発散……は、できそうにない。

先日の一件で魔力の保有量は増えたが、出力はそこまで変わっていないからだ。蛇口はそのままで貯水タンクが大きくなった感じだろうか。

最大出力でブラックホールを連発しても間に合うかどうか……。それくらいに膨大な魔力を持て余している。

私の尋常でない様子にみんなが反応しているが、受け答えをする余裕は無かった。

「ユミエラさんが！　ユミエラさんが壊れちゃいましたわ！」

「大丈夫か！　……おい、どうしてユミエラを煽《あお》った！」

「いつも苦労をかけられている意趣返し……みたいな？　こんなんになっちゃうとは思わなかった。ごめんね」

「これが、ごめんねで済むか！」

行き場を失った魔力は、ついに私の体を突き破った。


背中から吹き出す魔力の奔流。外に吹き出る力と、押し留《とど》めようとする力が拮抗《きっこう》し、魔力が固定される。

本来は流動的である魔力が固形化し、背中の後ろに展開された。

目で見て確認はできないが、体の一部のように感じることができた。

私の背に現れたのは、薄く結晶化した魔力の翼だ。

合計十二枚、六対の黒い翼は唸《うな》りを上げる。

私は少しずつ宙へと浮き上がり――

「ウソウソ！　お姉さんをからかっただけ！　どうしてレベル13って表示されたかは分かっているから！　本当は13なんかじゃないから！」

レムンの声が耳に入ったと同時に、魔力の暴走は収まった。

十二枚の翼も消え去り、空中浮遊も収まった。ほんの十数センチの高さから音も立てずに着地する。

「ですよね。私はレベル13じゃないですよね。冷静だから分かってましたよ」

「大丈夫……なのか？」

パトリックが心配そうに声をかけてくる。

ちょっと体がビックリしただけ、プールに飛び込んで動悸《どうき》が激しくなったくらいの感覚なので、あまり気にしないでほしい。

「大丈夫だよ」

「いま、飛んで……」

「大丈夫だよ、私は冷静だから。私はレベル13じゃない、私はレベル13じゃない、大丈夫、大丈夫、大丈夫」

まあ、仮にレベル13だとしても、またレベルを上げられると考えれば……。

今までの苦労が水泡に帰す想像をして、また体がビックリしてしまった。暴走が始まりそうになる。

「これは大丈夫じゃないだろ！　おいレムン！　早くユミエラに説明を！」

「あそこまで高密度の魔力って初めて見た。やっぱりお姉さんって、その気になれば世界を滅ぼせちゃうよね」

「感心している場合か！」

「ああ、うん、ごめん、じゃあ種明かし」

レムンがようやく説明を始めた。聞き逃すまいと全力で耳を傾ける。

「ボクも今見て知ったんだけどね、この水晶の機能はレベルの測定と表示じゃなかったんだ」

「それはどういう？　今までの測定結果も誤りだったと？」

「今に至るまでの結果は正確。だからこそ、ボクも本来の機能に気がつかなかった」

どうして、この神様は結論をズバッと言わないんだろう。私をイライラさせる天才か？　いや、私は常に冷静なんだけど。

レベル測定の水晶、私が五番目くらいに好きな魔道具の真なる機能が明かされる。闇の神レムンがもったいぶって口を開いた。

「この水晶の正しい機能はね……対象のレベルの測定、それの下二桁《ふたけた》の表示」

「は？」

「誰《だれ》が作ったかは知らないけれど、まあ二桁で問題ないと思うよね。レベル99を超える者が現れるなんて想定していない」

「私のレベルは、下二桁が13だったと？」

「そういうこと。百と13なのか、千と13なのかは分からないね」

ええ、じゃあ10億13かもしれないってこと？

うーん。どうしたものかなーと考えていると、周りの様子がおかしいことに気がつく。パトリックは身構えているし、エレノーラとレムンは彼の背中に隠れて様子を窺《うかが》っている。

「お兄さんお兄さん、これは大丈夫なやつ？」

「多分、大丈夫……だと思う」

「分かりませんわよ、ユミエラさんは時間差でおかしくなったりもしますわ」

何だろう、何か間合いを取られるようなことしたかな？

レムンを呼んで、レムンに何か言われて、その後……ん？　記憶が曖昧《あいまい》だ。

「みんな、どうしちゃったの？」

「……大丈夫そうだな。また翼が出てくるかと思った」

「つばさ？　何のこと？」

つばさって鳥に生えているアレのこと？

私が聞き返すと、三人は顔を見合わせて首を横に振る。

「何でもない、気にするな」

気になるけど……まあ、いいか。

ひとまずはレベル13の謎が解けた。下二桁ねぇ……すごい使い勝手は悪いけれど、レベル上昇だけは分かる。表示が14になればレベルが1上がったと分かるし。

これで、これからの方針を決められる。

「水晶の表示が99になって、もう上がらなくなれば、新しい上限になったってことだよね」

「えっ、お姉さんはまたレベル上限を目指すつもりなの？」

「もちろんです」

「もう、99みたいな上限は無いかもしれないよ？」

「そのときは、そのときで」

目安があるだけでもありがたい。目標へと一歩一歩近づいていることが確かに分かるのだ。

本当に良かった。水晶くんはこれからも大活躍だ。起きたときと寝る前に、欠かさずレベルを測るんだ。表示されない百以上の桁を想像して、毎日を頑張るんだ。

水晶が割れるなんて結果にならなくて良かった。

「あれ？　私の水晶くんは？」

置いてあったはずの場所に、私の相棒が無かった。

下に目をやれば、粉々に砕け散った透明の破片がある。

「いつ落ちたの⁉」

「それは……ああ、ユミエラが浮いたときか」

「私が、浮いた？」

「違う、ユミエラは浮いていないし、翼も生えていない」

「そりゃあね、翼なんてね。私を天使と見間違えたとか、そういう？」

流石《さすが》の私も、前触れなしに翼が生えてきたりはしない。

レベル測定に関するアレコレは、床に落ちて水晶が割れるという、一番つまらないオチになった。

復職した日に殉職してしまった水晶に哀悼の意を表している間、三人はコソコソと話をしているのだった。

「あれは天使と言うより悪魔じゃないかな？」

「覚えていないのが幸いですわ。ユミエラさん、絶対にもう一度やると言い出しますもの」

「俺もそう思う。あの翼……翼のようなアレはユミエラ好みな造形をしていた」

レベル上げで頭が一杯になっていた私は、彼らの話が耳を素通りしていた。

これからは常にレベル計測ができるように、水晶を肌身離さず持ち歩くようにしよう。

パトリックたちに聞こえないよう、私は小さく呟《つぶや》く。

「予備の水晶を取ってこないとね」

慎重な私はもちろんスペアを用意している。お亡くなりになった一個目と一緒にずっと放置していたものだ。

スペアが無くなったときのスペアは持ち合わせていないので、二個目の水晶玉は大事に扱おうと心に決めたのだった。

二章　裏ボス、月を目指す

我が家、つまりはドルクネスの街中央に鎮座する領主の屋敷。それは領内で一番大きく立派な建築物だ。

住居だけでなく、役所的な機能も備えているので、ある程度の大きさは必要だと思う。

加えて、領主の屋敷が一番大きくないと貴族のメンツが立たないとかで、領民は一定以上の大きさの建物を建ててはいけないという暗黙の了解があるらしい。

そういう風習は全く気にしないけれど、周りが気にするからしょうがない。どんどん建ててほしいけれどね、高くて大きい建物。

ある朝、起きたらお隣さんが東京タワーになっていたら嬉《うれ》しいじゃん。……あ、東京タワーは駄目だ。リュー君と大怪獣ごっこを始めて、壊してしまう未来が見える。

そういった事情で、突然隣にデカイ建物が現れることはないはずなのだ。

ないはずなのに、ちょっと前から工事が進んでいるお隣さんは我が家より大きくなりそうな気がする。基礎工事の段階で怪しいなとは思っていたけれど、柱と支柱ができ始めて確信した。

私は今、執務室で書類を眺めている。代官のデイモンが確認したものをダブルチェックして判子を押すだけだ。

領主一年目キャンペーンで今年の税はゼロなのだが、収穫量は調査するらしい。領内各地から届けられた、秋の収穫量の書類を見ながら、私はデイモンに尋ねた。

「うちの隣でやってる工事、あれって誰が引っ越してくるか分かる？　すごいお金持ちだよね？」

「隣と言いますと……隣ですか？」

「そっちの隣」

「えぇ……前に説明いたしましたよね？」

私が工事中のお隣さんを指すと、彼はどうして知らないのかと驚き目を見開く。

デイモンが言ったと言うのなら、確かに言ったのだろう。そして私は、確かに聞いたのだが、聞き流したか忘れたのだろう。

私とデイモンはそういう、大体は私側に原因があるという、信頼関係がある。

引っ越してくる人……本当に聞いた覚えが無い。脳みそに刺激を与えれば思い出すだろうか、頭に指でも突っ込んでみようかと思案しているとデイモンが教えてくれた。

「ユミエラ様の許可も確かに頂いたはずなのですが……あれは国王陛下のための迎賓館です。残すところ半年を切りましたユミエラ様とパトリック様の結婚式にて、国王陛下、並びに王妃陛下をおもてなしできる場所がありませんでしたので急造の必要がありました」

「あっ、聞いていたけれど……あんなに大きかったの⁉」

「陛下となりますと、お付きの者だけで相当な人数になりますので……。魔法を扱える職人も手配していますので、ギリギリ間に合う予定です」

「あんなに大きかったら時間もかかるか」

私は忘れていたわけじゃない。ただ、迎賓館とやらが、あんなに大きいとは思ってもみなかったのだ。

そう言えば、予算が異常に多かった気がする。あれはパトリックもチェックしていたので、家って思ったより高いなぁくらいにしか考えずに許可を出してしまったのだ。そりゃあ高いよね。

「もったいない、結婚式が終わった後は無駄に……あっ、館《やかた》の機能を順次移転する予定って読んだかも」

「はい。ユミエラ様やパトリック様の住居、お客人のためのスペースを移して、旧館は執務のみで使う予定です」

あー、そういうことか。役所に住んでいる状態が、普通の家から役所に通勤するシステムになる……みたいな感じだと思いこんでいた。私室が小さくなるかもだけど、まあいっかと考えていたが、むしろ大きくなりそうだ。

それにしても、貴族の結婚式ってお金がかかる。

◆
◆
◆

翌日の夕食後、パトリックと紅茶を飲んでいるとき。メイドのリタが、対面に座る彼に手紙を差し出す。

「ご歓談中、失礼します。緊急のようです」

「ああ、ありがとう」

手紙の封を、風の刃《やいば》で開けて、パトリックは手紙を読み始める。

若干光度が足りなく感じる照明の魔道具が照らす中、私は封筒を確認する。あの封蝋《ふうろう》はパトリックの実家であるアッシュバトン辺境伯家のものだ。

配達人が緊急だと伝えてくるということは、そこそこ緊急の用件らしい。すごい緊急なら、辺境伯家の人間が直接使者としてやって来るはず。

手紙を読み進めていた彼は、険しい顔で呟く。

「行方不明……？」

「誰《だれ》が？」

行方不明とは穏やかではない。あまり家庭の事情に踏み入るのは憚《はばか》られるが、思わず質問してしまった。

パトリックは最後まで読み終えたようで、手紙を閉じつつ答えてくれた。

「兄上が行方不明らしい」

「え⁉　それって大事件じゃないの？」

「うーん……あの兄上だからなあ……」

兄がいなくなったというのに、どうにも彼は切羽詰まった様子が見られない。

パトリックは二人兄弟の次男。つまり一人だけのお兄さんは辺境伯家の跡継ぎ。それ以外のことはほぼ知らない。彼から兄弟の思い出話を聞く限りでは、弟思いの良いお兄さんなんだけれど、私がアッシュバトン領に行ったときは会えなかったのだ。

あの兄上、と言うくらいだから誘拐とかはあり得ないのだろうか。

「パトリックのお兄さんって強いんだっけ？」

「強さはそこそこだが、危険な目に遭う様子が想像できない。そういう立ち回りの上手《うま》さがある。それに、自分から出ていく理由もあるからな」

「辺境伯家の跡継ぎが家出しちゃ駄目じゃない。出ていく理由って？」

彼は言《い》い淀《よど》んだ後、言葉を選ぶようにゆっくりと口を開く。

「リューとアッシュバトンに行ったとき、兄上がお前に会いたがらなかった理由は覚えているか？」

「女性恐怖症なんだっけ？」

パトリック兄と会えなかったのは、彼自身がずっと私を避けていたせいだ。

顔すら分からないこともあって、義理の兄になる人物の印象は極めて薄い。名前すらあやふやだ。

「ん？　お兄さんのお名前、忘れちゃった」

「ギルバートだ」

「ああ、ギルバートさんね。顔とセットじゃないと覚えづらくて」

ギルバートギルバートギルバート……。よし、覚えた。この国でギルバートという名の人に会ったならば、たとえ女性でもパトリックの兄と思うことにしよう。そして奇行は控えめにしよう。第一印象は大事だからね。

話が逸《そ》れてしまった。パトリックに続きを促す。

「ギルバートさんは女性恐怖症で、その後は？」

「兄上は女性恐怖症ではなく、気の強い……？　気性の荒い……？　違うな、予想できない言動をする……くらいが適当か。そんな女性が苦手なんだ。多分だが母の影響だな」

パトリックのお母さんは、平常時はとても穏やかで優しい。ただし、大嫌いな隣国レムレストが絡むと急に言動が過激になる。

「私って、あの方ほど強烈じゃないよね？　会ってもないのに決めてかかって拒絶するっておかしくない？」

「そこそこ長い付き合いになるが、俺はユミエラを母上よりも強烈だと思っている」

「……まあ、その話は後回しにして。それだけ聞いてもギルバートさんの雰囲気が分からないのよね」

「雰囲気か……今まで会った中で一番兄上に近い人物は……」

考えるということは、パトリックとも彼の両親とも違う雰囲気の人間なのだろう。

果たして、誰の名前が出てくるのか。共通の知人はあまりいないので、個人を挙げるのは難しいかもしれない。

パトリックの兄なのだから、きっと顔はいいはず。パトリックっぽくてパトリックと違うイケメンって最高じゃない？　どんな人でも私は嬉しい。

「……ヒルローズ公爵だな」

「え？」

「ヒルローズ公爵だ。エレノーラ嬢の父だ」

最悪の人が出てきた。あの性格が最悪なことで有名なヒルローズ公爵だと？　今はドルクネス領に新しくできた村で、身分を隠して村長をしているエレノーラの父だと？

見た目も中身も極悪な父、見た目も中身も胡散臭《うさんくさ》い長男ロナルド、見た目も中身も天使な長女エレノーラ。どうしてエレノーラちゃんみたいな天使が現れたのか不思議な家系の御仁だ。

「策士タイプと言うべきだろうか。敵の性格も考慮に入れて、論理的に考え、相手の一番嫌がることを実行する人だ。だからこそ、母上やユミエラのような、きっかけ一つで行動方針がガラリと変わる人間を苦手にしている」

「要するに性格が悪いってことでいいのよね？」

「兄上の性格は……良くはないのだろうな。身内には優しい」

身内に甘いところまで公爵にそっくりだ。もう最悪。

「お義兄《にい》さんと上手くやっていける気がしないわ」

「向こうも同じ考えのようだ。最近、俺たちの結婚式に参加するかで父上と揉《も》めたらしい」

「お義父《とう》さんが参加しろって言って、お義兄さんが嫌だって言ってるの？」

「そうらしい」

それが原因で家出中ってことか。結婚式に出たがらないって、私はどんだけ嫌われてるんだよ。まだ会ってないいんだぞ。

でも、会わずしてそこまで嫌われる事実を受け入れねばなるまい。私の様々な評判を聞いた末での、ギルバート氏の判断だ。実際に相性はあまり良くなさそうだし。

「じゃあ結婚式は不参加かな……。私の両親も来ないし……」

「すまん、時期を見て俺だけでアッシュバトンまで帰ってみる。兄上も根気強く話せば分かってくれるさ」

家出しちゃうレベルで強硬だと説得も難しそうだ。

王都の屋敷にいる私の両親は、話は通したものの即答で断られてしまった。

うーん。祝われない結婚式なんて必要ないような……待てよ？　そもそも、祝われる結婚式も必要か？

前世で一度だけ、私は結婚式に参列したことがある。

親戚《しんせき》のお姉さんの結婚式だったが、あれは辛《つら》かった。まず会場までバスで行くのが大変だった。

そして開宴まですごい待って、暇で仕方なかった。

やたらと泣く新婦父のスピーチは何を言っているのか分からなかったし、新郎上司のスピーチは長いのに内容が一つも頭に入ってこなかった。高校生の私は、そのとき初めて校長先生が話し上手なことに気がついたのだ。

そして、新郎新婦の大学時代の友人が余興をする。アイドルソングを歌って踊るいい歳《とし》した男女。酔ってフラフラな人もいた。

最後に、お土産で持たされる引き出物。新郎新婦の顔写真がプリントされたお皿だ。マジでいらない。


そう、結婚が人生の墓場なら、結婚式は人生の葬式なのである。

どうして今まで忘れていたのだろう。私たちは、あの地獄を再現しようとしていたのだ。


「結婚式、やめよっか」

「そこまで言わないでくれ。兄は絶対に連れてくる」

「そうじゃなくて、お義兄さんが来てもやらない方がいいかなって」

そうだ。結婚式はお金がかかる。ご祝儀を貰《もら》っても結構な赤字になると聞いたこともある。

パトリックとなら結婚式も素敵かな、と考えていた。しかしそれは、愛する人と一緒なら貧乏な暮らしも幸せ……ってのと同種のものだ。貧乏より裕福な方がいいし、結婚式があるよりない方が良い。

「どうして急に？」

「結婚に必ずしも結婚式は必要じゃないでしょ。結婚はしたいけれど、結婚式はやりたくない。大勢の前で話さなくちゃいけないし、陛下もいるから気を遣うし、ウエディングドレスだとカレーうどんが食べられないし」

「いや、貴族の、しかも伯爵家当主の婚姻で式をしないなんて……」

「世間体と私、どっちが大事なの⁉　私が大事なら結婚式は中止して！　世間体が大事なら、私が悪かったからお願い捨てないでえぇ……って泣きながら足に縋《すが》り付くよ！」

「うわぁ、どっちも嫌だ。……説得するのはこっちが先か」

パトリックはゲンナリとしてため息をつく。説得だと？　私を納得させるのは不可能だぞ。

彼はしばし黙考し、何かを思いついたようだ。

「そうだ。ユミエラはウエディングケーキを楽しみにしていなかったか？」

「おっきいけーき？」

「そうだ大きいケーキだ」

おっきいけーきはうれしいな。食べても食べても減らない夢のような……まずい、騙《だま》されるところだった。

私はウエディングケーキに関して、不都合な真実を解き明かしている。パトリックに指をビシッと突きつけて宣言した。

「ウエディングケーキは、存在しない！」

「……存在、するぞ？」

彼はキョトンとした様子で言う。

仕方ない。私が世界の真理というやつを、教えてあげよう。

「ウエディングケーキはね、存在しないの。結局は切り分けられて配られるわけでしょ？　もしかして貴族様の結婚式だと飾るだけで食べなかったりするのかしら？」

「……飾るだけで、参列者は食べないのが普通だ。式後に切り分けて領民に配られたりする」

「ほら、やっぱり！　私の口に入らないなら存在しないのと一緒じゃない」

「暴論だ。分かった、ユミエラの分も取っておくようにしよう」

「それだと、普通サイズに切られたケーキじゃない！　大きなケーキは存在しないのよ！」

「じゃあ丸ごとユミエラが食べていい」

「風習通りだと思って、ケーキを楽しみにしているこの街の人たちが可哀相《かわいそう》だとは思わないの！」

本来は民に分配されるものを貴族が独り占めするなんて酷《ひど》いこと、私にはとてもできない。パトリック氏、特権階級の悪いとこが出てますよ。

彼は心底面倒くさそうにして言う。

「……二つだ。配る用とユミエラ用、ウエディングケーキを二つ手配する」

むむっ。それならウエディングケーキは確かに存在することになる。そうか、ウエディングケーキは実在したのか。

私の身長より高いケーキ。一杯の生クリーム。何段目から食べるかフォークをさまよわせ……。

「いやいや。そんな量、一人で食べきれないから」

「……はあ？」

パトリックが若干イラッとしているのが分かった。ごめん。あの量を一人は無理です。初めの方は一気に食べ進めるけれど、五口目くらいで絶望するやつ。

少し申し訳なくなってシュンとしていると、ここぞとばかりに彼は言う。

「結婚式はやるからな。もう招待状も出しているんだ。準備も着々と進んでいる」

「……実家に帰らせていただきます」

お互いに頭に血が上りすぎているのを感じたので、私は伝家の宝刀「実家に帰らせていただきます」を発動した。

結婚式関連で遺恨を残すと、後から絶対に揉めるからな。

例の親戚のお姉さんは、二年後に夫婦喧嘩《ふうふげんか》の末に離婚したのである。喧嘩の発端は結婚式、予算の都合でお色直しができなかったから。

もちろん、それだけが理由ではなくて、細々とした性格や価値観の不一致があったのだろう。しかし、離婚の致命的な原因になることも事実。

あの地獄イベントを更に長引かせようとしていた彼女は理解できないが、教訓だけは素直に受け取るべきだ。

少し落ち着こう。そのため実家に帰ることもまた一つの手である。

私が荷物の準備を始めるため席を立とうとすると、パトリックは冷静に一言。

「ユミエラの実家はここじゃないか?」

「あっ」

ホントだ。私の実家ってここだった。

先程のケーキの件といい、私がまるで変なことしか言わない人みたいだ。そんな人間の意見に耳を傾ける人はいない。

何とか、何とか間違いを認めずに、どうにかしなければ。脳を絞れ、存在しない私の実家を無理やりに作り出せ。結婚式を迫る貴公子を撃退するため、難題を――そうだ!

「月!」

「つき?」

「私はね、月からやってきたの。実家がある月に帰ります」

「……月に、人はいない」

窓の外に目をやると、丁度良く満月が輝いていた。

理由は不明だが、前世の世界のそれと同じ模様の月を指差して言う。

「見て、兎《うさぎ》が見えるでしょう?」

「兎……は見えない」

「蟹《かに》に見えるタイプだった?」

「蟹も見えない」

パトリックは満月を凝視して、首を横に振る。

風情が無いなあ。確かに兎にも蟹にも見えないけれど。

「まあ、私は月に帰るから」

「ユミエラ、落ち着いて聞いてくれ。月には行けない」

「私には無理って話？」

「どんなに飛翔《ひしょう》能力に優れていても、月まで行くのは無理ということだ」

いやいや、月には行けるよ。行った人も実際にいる。アポロ計画陰謀論なんてのもあるけれど、私はアームストロング船長を信じている。だって、アームがストロングな人が嘘《うそ》をつけるわけないのだから。

パトリックはどのレベルで不可能だと言っているのだろうか。宇宙空間を三日も進むのは無理という科学的な意味なのか、天の神が吊《つ》るしている月までは行けないという概念的で宗教的な意味なのか。その辺を明確にしておこう。

「私が前いた世界ではね、月に辿《たど》り着《つ》いた人がいたのよ。それも複数人」

「……まさか」

「この世界、惑星は球体でね、その周囲を回っているのが月。とりあえず、物理的に高く飛べば月までも行けちゃうのよ」

「世界が球体という話は聞いたことがある。海で遠くから来る船を見たとき、確かに上が最初に見えた」

この世界に天動説以外認めない系の宗教は無い。

よく分からないけれど、船乗りたちは世界が丸いって言ってるみたいだよ……くらいの認識は浸透している。

何というか、異世界に転生して科学知識を披露するのはこれが初な気がする。もう少し有効活用できそうなものだけど、案外機会は少ない。

「ということで月に帰ります」

「待て待て、月までの道のりに危険は無いのか？」

「…………ないです」

「その間は絶対にあるだろ！　ユミエラが危ないと感じるなんてよっぽどだぞ。おい、待て――」

パトリックの制止を振り切って、私は外に走り出す。

うーん。計画を練りに練って実行するべき月旅行を、ノリで始めてしまった。こういう機会でも無いと、いつかやると言ってやらないままになりそうだから、この際だ。月まで行ってしまおう。

問題は宇宙空間に酸素が無いことだけれど……なんとかなるっしょ。宇宙に空気が無いのは都市伝説ってどこかで聞いた気がする。

科学の申し子である現実主義者の私は、宇宙に酸素があることに望みを託して飛び出した。

「リューくん起きてる⁉　いい子は寝る時間だけどゴメンね」

いい子は寝る時間だが、不良ドラゴンのリュー君は起きていた。

さすが我が子。言いつけを守らずに夜ふかしするのは間違いなく私のＤＮＡだ。

リューは翼を大きく広げて私を迎える。緊急事態を察して、一気に飛び立てる体勢になるとは、我が子とは思えない優秀さだ。

「私は月まで行くから、途中まで連れて行って。限界高度ギリギリまで」

私が背に飛び乗るやいなや、戸惑い気味にガウと吼《ほ》えて、リュー君ロケットは飛び立つ。

リューも月に行くことには懐疑的らしい。本当に行けるの？　大丈夫？　といった感情が伝わってくる。

リューが翼を動かすたびに加速しながら、すさまじいスピードで地表を離れる。

これは第二宇宙速度に到達できるんじゃないかな？　第二宇宙速度とは、物体が地球の重力圏を抜けるために必要な速度のことだ。

第一宇宙速度だと人工衛星のように地球の周りを回るだけなので間違えないように。第三になると太陽系の外に出てしまう。流石《さすが》に怖いのでその速度は出したくない。

ちなみに、第二宇宙速度が何キロくらいなのかは全く知らない！

しかし、リュー君は第一ブースターだから、一定以上の高さまで連れて行ってくれれば十分だ。そこで第一ブースターは切り離して、第二ブースターの……第二は無いな。ブースター一個で宇宙って行けるもんなのかな。


少し空気が薄くなってきた。そろそろリューの限界高度だ。

そろそろ切り離しの準備をしなければと考えていると、後ろから音がする。聞こえるはずのない声に、思わず肩をビクリと跳ねさせてしまう。

「どこまで行く気だ！」

「え⁉　パトリック⁉」

パトリックがリューに迫る勢いで、空を追ってきている。

私でもあのレベルの飛行は無理だ。空中で軌道を変えたり、落下中の減速などはやっているが、純粋な魔力を放出するのはとんでもなく燃費が悪い。

ブラックホールを連発するのと同じくらい、空を飛ぶのは疲れる行為だ。

使い勝手の非常に悪い闇属性魔法はおいておいて、空を飛べる魔法使いは一種類のみ。高位の風魔法使いだ。空を自在に飛べるのは中でも限られた人のみで……。

超高位の風使い。パトリックさん、要件にぴったりと合致している。結構前から飛べたはずだけど、彼って高い所が苦手だからな。

彼は更に距離を詰めつつ叫ぶ。

「リュー！　止まれ！」

「リュー！　止まらないで！」

育ての親である私と、血の繋《つな》がりがない親の恋人パトリック。リューがどちらの言うことに従うかは、火を見るより明らかで……。

リューはパトリックの言う通りに減速した。ナンデ。

「ぐう……リュー君ごめん！」

幸いなことに、今は雲よりずっと上。既に限界高度付近だ。

大気が薄くなれば、パトリックの風魔法も力を失っているはず。私はリューに謝って、彼の背を蹴《け》った。

当然、加減はしている。かわいいかわいいリューを全力で蹴るような真似《まね》はできない。

「リューくん第一ブースター、切り離し！」

速度を僅《わず》かに上げて、私は更に高みへと飛び立つ。

魔力を下方向に向けて全力放出。大気が薄いこの場所に限り、ドラゴンの翼よりも風属性の魔法よりも効果的な加速方法だ。

リューの上昇力と私がジャンプした分で、相当の速度を溜《た》められた。運動エネルギーを位置エネルギーに変換しながら、私は高くへ高くへと。

全力でブーストしているが、どんどん速度は削られていく。このままでは失速するか……？

見下ろせば、落下していくリューとパトリックが見えた。ある程度落ちたら、あとは飛行できるはずだ。

私は上へ、彼らは下へ、相対速度はすさまじく、瞬く間にパトリックたちは小さくなっていく。

ごめんね、私は月に行くの。

レベル99を超えた影響だろう。これだけ魔力を噴射しても、体内の魔力が減る感覚は少ない。

だが出力不足で速度はどんどん落ちていく。

間に合うだろうか、間に合え、間に合え、間に合え…………。

そして、私は、惑星の重力から解き放たれたのだった。

「　」

綺麗《きれい》と言おうとしたが、口をパクパクとさせただけだった。

やっぱり宇宙には空気が無かったようだ。そりゃあね。

人体が生身で宇宙空間に放り出されると、体内が一気圧で周りはゼロ気圧、山頂でポテチの袋が膨らむのの強化バージョンみたいな現象が発生し、体が膨張して死んでしまう。……みたいな話も聞いたことがあるけれど、それは気合いで何とかなるようだ。

今の私は恐らく、衛星軌道ってやつをグルグル回っている状況だ。第二宇宙速度には届かなかったが、第一宇宙速度には届いたというわけだ。

まあ、第一宇宙速度は高度ゼロでの初速、つまり途中で加速しなくても衛星軌道に行けちゃう速度なので、正確には違うのだが。

眼下に広がる惑星を見る。惑星はやはり青く、写真で見た地球よりずっと美しかった。

分かってはいたけれど大陸の形が違う。まさか別な世界の宇宙に来るなんて、人生は何が起こるか分からない。

本当に綺麗だ。いくら眺めていても飽きない。

「　」

飽きてきた……と言った。空気が無いことを忘れて、また口をパクパクさせちゃった。んじゃあ、そろそろ帰るかな。月まで行くのは流石に無理だ。行って帰ってくるまで息を止めていられる自信が無い。

これは息を止める練習をしてリベンジだな。

「　」

これ、どうやって帰るの？　……と言った。学習しない私である。

地上に帰れなければ、死ぬまで衛星軌道を回り続ける悲惨な未来が待ち受けている。しかし、レベル99を超えた生命力を持つ私が、空気が無いくらいで死ぬのだろうか。

私はこのまま、永遠に宇宙空間をさまようのだ。そして死にたいと思っても死ねないので――

「　」

ユミエラは考えることをやめた……と言った。分かってはいるが、声に出して言いたかった。

まあ、普通に考えて上向きに魔力放出をすればいいだけだ。

出しているのが空気なら、凍っちゃって帰れなくなっちゃうのかもね。

それでは、ユミエラ落としの始まり。

私は少しだけ上向きに魔力を噴出して、地上に向かう。少しばかり力を加えてやれば惑星の重力に捕まって、みるみるうちに引き寄せられていく。

あ、ずっと下ばかり眺めていて、肝心の月を見ていなかった。振り返れば地上で見るより大きな

月が……ん？　あれは……何だ？

月の表面にある物を確認する間もなく、私の落下スピードが増加していく。大気圏突入に集中しないと危ないいな。

今度は下向きに魔力を。なんかロケットって、発射よりも大気圏突入で事故が起こるイメージだ。行くより戻る方が大変なのかもしれない。十分に気をつけて行こうと思う。


さてさて、落下しているうちに体が温かくなってきた。

大気圏突入のときの赤くなるアレは、大気との摩擦熱ではないらしい。私もずっと摩擦だと勘違いしていたが、宇宙船や隕石《いんせき》やモビルスーツが赤く燃えるようになるのは、断熱圧縮と呼ばれる現象だ。

超高速で移動する物体によって押しつぶされた空気の分子どうしがぶつかり合うことにより、熱が発生している……らしい。

まあ、余裕を装ってはいるが実際は一杯一杯だ。

減速しそこねて地表に激突。コロニー落とレならぬユミエラ落としで地球人口の半分が死滅とか、冗談じゃない。

全力で減速しつつ落下を続ける。


減速に集中するあまり、落下地点について考えが及んだのは建物の屋根が目に入ってからだった。

ああ、これは間に合わない。というか、ここどこだ？　ドルクネス領じゃないよね？

空から一望した限りでは、そこそこ栄えた都だ。バルシャイン王国の王都よりは小さいが、ドルクネスの街に比べるとずっと大きい。

人の居住地とそれ以外なら、圧倒的に前者が少ないはずなのに……。運が良いのか悪いのか。

私は知らない街の、知らない家の、知らない屋根に激突し、知らない天井も突き破り、知らない部屋でようやく停止したのだった。

滅茶苦茶《めちゃくちゃ》になった家具の上に、手足を投げ出して座った状態で、しばらく放心状態になる。


すると階段を駆け上がってくる音が。爆音を聞きつけて、家人が様子を見に来たんだ。

部屋に飛び込んできたのは、灰色の髪をしている、酷《ひど》く疲れていそうな顔の青年だった。

備え付けられた魔道具の明かりを灯《とも》し、彼は私の姿を確認する。

「君は、誰《だれ》かな？」

三章　裏ボス、隣国に落ちる

私が墜落した家の住人、灰色の髪をした青年は再び言う。

「君は誰だろうか？」

「……まあ、そう深く考えずに。突然に妹ができたとでも考えてください」

「訳ありか。僕には弟がいるが、妹はいないし、欲しくもない」

妹作戦は失敗か。ある日突然に可愛《かわい》い妹が降ってきたら嬉《うれ》しくなるという、男性心理を突いた妙案だと思ったのに。

雰囲気だけで判断するに、この人は警戒心が高めのようだ。ごく一般的な男性ならば、今頃《いまごろ》「イモウトチャンカワイイヤッター」と万歳している場面だろう。

中身のない会話で時間を稼ぎつつ、今後の行動を考える。

まず、目の前にいる彼はどう動くか。屋根と家具の修繕費は請求されるとして、衛兵に突き出されるかもしれない。

それと、ここはどこなのか。バルシャイン王国の中か外か。外国だと面倒だ。一応これでも伯爵なので、突然他国に現れては国際問題に発展する可能性もある。

「妹はいらない……と。ではお姉ちゃんと呼んでいただいて構いませんよ」

「はぁ……。君はなぜ、うちの屋根に登っていた？」

「この家に用事があったわけではありません。屋根伝いに移動していたら、偶然ここに行き着いただけです。私はここがどこかも分かっていません」

「危険な真似を……怪我《けが》が無いのが奇跡だな。西の露店街に鐘があるだろう？　あそこから西に入って、二本目を右に曲がった通り……で理解できるか？」

彼は地名を言わずに、詳細な場所を説明する。私が大気圏外からやって来て、街の名前すら知らないとは想定外なのだろう。

下手《へた》をしたら街の名前を聞いても、どこの国か分からないことすらあり得る。

ここってなんて国ですか？　なんて聞くのは怪しすぎるので避けたいな。

自然な感じで、それとなく情報を引き出そう。

「あー、すみません。この辺りに来たのは初めてなので、ちょっと分からないです」

「そうか。普段は王都のどの辺りに？」

王都？　彼はいま、王都と言ったか？　上空から確認した限りでは、王都バルシャインではなかった。見間違うはずがない。

ということは、外国の王都か。危ないなあ。バルシャインの近隣諸国だと余計に危ない。ユミエラ・ドルクネスの存在は知れ渡っているので、国の偉い人がパニックになる可能性が大きい。

別な大陸であるとかして、ユミエラ？　誰それ？　って状態の方がまだマシだ。帰るのが大変だけれども。

最悪なのはレムレスト王国だろうか。パトリックの実家である辺境伯家に行ったとき、そこの軍隊さんと一悶着《ひともんちゃく》あったのだ。

内心の焦りを表に出さないようにしつつ、私は更に探る。

「王都に来たのも初めてです。結構遠くから来ました」

「遠く？　まさか、レムレストの国外と言い出したりはしないだろうな？」

「まさか。生まれてから外国に行ったことなんてありませんって」

嫌な予想というのは、得てして現実になるもので……。ここはレムレストらしい。しかも、その王都だ。

まずいな。夜闇に乗じて国境越えを強行するべきだろうか。休憩なしの走りっぱなしで、ドルクネスの我が家まで帰ることはできるはずだ。

明らかに怪しい私の処遇を決めかねているのだろう。彼は私を見つめて、しばし黙考する。

いざとなれば、首の後ろをトンッてするやつを使い、彼を眠らせて逃げよう。トンッはやったことがないので、力加減が分からない。強すぎたら死んじゃうし、弱いと眠らない。アレってどういう原理で眠らせているんだろう。首の後ろ……神経を刺激しているのかな？　後遺症とか残ったりしない？

わざわざ眠らせないでも、脱出だけなら可能か。失敗したときが怖いから、首の後ろをトンッてやるやつはまたの機会にお預けだ。

私が逃げ出す算段をつけていると、意識外から大きな声が聞こえた。これは……家の外かな。

「大丈夫か⁉　すごい音が聞こえたぞ⁉」

落下音を聞いた近所の人が、心配して様子を見に来たようだ。

あまり多くの人に目撃されるのは避けたいな。当然、彼は変なのが屋根を突き破ってきたと言うだろうし、そのまま衛兵を呼ばれて牢屋《ろうや》コースかも。

一度くらいは黒白ストライプの囚人服は着てみたいと思っていたけれど、一貴族が仮想敵国で捕まっちゃうのは駄目だろう。

灰色の髪をした彼は、舌打ちをしてから小声で言う。

「動かず、静かにしていろ」

そして、不機嫌そうな顔で私に背を向け部屋から出ていく。

耳を傾ければ、階段を降りる音が聞こえ、立て付けの悪い扉を開ける音、彼とご近所さんの話し声。

「おおっ、無事だったか」

「夜分にお騒がせして申し訳ありません。荷物を運んでいたら階段から落としてしまいまして」

「怪我が無いなら何よりだ。……でもそういう力仕事を夜にやるのは止《や》めてくれよ」

「すみません。明日、改めてお詫《わ》びに伺います」

「いや、そこまでしなくていいんだよ。しっかし、若いのにしっかりしてるなあ」

「短い間ですが叔父さんから家を任されていますから。ご近所の方にご迷惑をお掛けするわけにはいきません」

家人と隣人が話しているうちに逃げちゃおうと思い、穴の空いた屋根から飛び出す準備をしていた。だが、思わず会話に聴き入ってしまう。

家人の愛想が良すぎて怖い。そりゃあ人によって対応が変わるのは普通だけど、先程までの神経質そうで不機嫌な青年はどこへ行ったのか。やり取りを聞く限り、模範的な好青年だ。

それに加えて、彼は嘘《うそ》をついてまで私の存在を隠してくれた。どうして？　私に都合が良すぎる。

匿《かくま》ってくれた理由はおいておいて、人の家を荒らして逃げ出すのは良心が痛む。逃げるのはいつでもできる。ひとまずは保留にして、彼に誠心誠意の謝罪をしよう。

外の方は穏便に済みそうだ。近所に気を遣ってか、小声での会話が聞こえる。私じゃなかったら聞こえてないだろうな。

「いいんだいいんだ。何か困ったことがあったら言ってくれよ」

「心配していただきましてありがとうございます。では、おやすみなさい」

「ああ、おやすみ。暗くなったら寝るに限る。兄ちゃんもちゃんと寝ろよ」

扉の閉まる音。隣人のおじさんが歩く音。家人のお兄さんの舌打ち。

……こっわ。ご近所さんに猫かぶりすぎ。あの好青年が別れた途端に舌打ちしたなんて知ったら、隣人さんが人間不信に陥ってしまうに違いない。

謝るって決めたけれど、ちょっと怖くなってきたなあ。

自分で言うのは恥ずかしいけれど、私ってシリアスな場面でも平気でふざける。やらない方がいいかなと考えつつも、思いついたことはすぐに行動に移しちゃう。

今も思いついてしまった。土下座のワンランク上と言われている土下寝、それを更に発展させて、逆立ちするのが誠意を表すのに一番だ……みたいなことを思いついた。

平常運転の私だったら、本当にやっただろう。この部屋に戻ってくる彼を逆立ちで出迎えただろう。

でも今日ばかりはやめておこうかなと、たまには真面目《まじめ》にやろうかなと考えてしまった。

怖い人だとは思っているけれど、萎縮《いしゅく》してしまうなんてことは全く無い。殴り合いになれば絶対に勝てるという精神的アドバンテージがあれば、大体の場面で緊張することは無い。

なぜだろう。隣の国の知らない人、一度別れてしまえば二度と会わないであろう人なのに、彼に変な人だと思われてはいけないと、おおよそ外れることで有名な私の勘が囁《ささや》いている。

彼が階段を上がってきた。早足だと、響きで分かる。

ドアが静かに、でも素早く開かれた。灰色の髪の、パトリックにちょっと似てなくもない気がしたがやっぱり似ていない彼は、こちらを確認してまた舌打ちする。

その様子から察するに、私がまだいたことに対して不機嫌になったようだ。どちらかと言えば、逃げられなかったことに安堵《あんど》する場面だと思うのだが、彼は確かに私を見てから舌打ちした。

壊れた物品の諸費用を請求したいはずなのに、私が消えていた方が好都合といった雰囲気だ。

「まだいたのか」

「すみません。色々壊してしまった弁償なのですが……」

「気にする必要はない。君にできるのは、ここを出ていくことだけだ」

「そんなわけには……」

「気にするな。そして、二度とうちに来るな」

お咎《とが》めなしで出ていって良いなんて、またしても私に都合が良すぎる。

彼がただの優しい人なはずないから、明確な理由があるに決まっている。……が、今はそんな推理をするつもりも無い。

家人の気が変わらないうちに、さっさと逃亡しちゃいますかね。

私は深々と頭を下げる。土下座ならぬ土下逆立ちはしない。

「本当に申し訳ありませんでした。では、失礼します」

頭を上げて、そそくさと歩き出す。

玄関に向かうため彼の横を通り抜けようとしたところ、腕で進路を塞《ふさ》がれてしまった。

「待て。行く当てはあるのか？」

「大丈夫ですよ。なるようになりますので」

「無いのか。……この時間に出歩いて、君が事件に巻き込まれても面倒だ。そうだな……夜の間だけだ。ここに滞在することを許そう」

「……ありがとうございます？」

どうしてまた、急に優しくなったのか。頭の中が疑問でいっぱいになりつつも、一応お礼を言う。彼の言動は一貫していない。私の存在を隠匿し、出ていけと迫り、弁償を断り、夜は危ないから泊まっていけと言う。

宿泊しろと言われるまで、面倒事を引き込む疫病神扱いされていると思っていた。例えば、謎の組織に追われている……みたいな想像を彼がしていると。

知らない人の追っ手が家に来るのは、誰《だれ》でも嫌だろう。だから私がいることを外部に漏らしたくなかったし、すぐに出ていけと言った。可能な限り早く消えて、今後は一切近づいてほしくないから、破壊した物品の代金も請求しなかった。

そこまでは筋が通っている。しかし、ここに来て夜間の外出を心配しだした。

隣人を騙《だま》すくらいに、安くはない修繕費を諦《あきら》めるくらいに、私を家から追い出したがっていたはずだ。私が素直に去ろうとしたのだから、黙って見送るのが普通だ。

腑《ふ》に落《お》ちないなあ。彼はどういう人なんだろう。

しかし、正体が露見して困るのは絶対に私の方だ。あまり突っ込まずにおこうかな。

今すぐにでも飛び出して国に戻るのが良いのだろうけど、宇宙まで行って少し疲れた。ここで休めるのは助かる。

「お世話になります。それで、先ほどの件なのですが……」

「弁償の話だろう？　気にするなと言ったはずだ」

即座に断られてしまったけれど、やはり弁償はした方がいいよな。屋根に空いたユミエラ一個分の穴は、修復作業が大変そうだ。

あとは家具。倒れただけの物もあるが、私がクッション代わりにしてしまった棚などは完全に壊れている。その他、細々とした物を含めればそこそこの額になりそうだ。

お金持ちな私だけれど、何の用意もなく出てきたので持ち合わせがない。幾らかの額はポケットに忍ばせているが、これは突発的に買い食いがしたくなった用に常備しているものだ。銀貨と銅貨が数枚ではとても足りそうにない。

破壊した物の代金を払うと自分で言い出しておきながら、支払い能力が無いとは恥ずかしい。後日に改めてというのは、彼が間違いなく嫌がるだろう。私も隠れて国境越えをするリスクは何度も負いたくない。国を往来する商人に頼んで……というのも危ないかも。

「今はお金の持ち合わせが無くてですね……」

「話が通じないな。僕は何も請求しないと言っているだろう」

視線を自らの体に向けて、換金できそうな物を探す。

左手。風属性の魔力が込められた指輪。パトリックから贈られた大事な婚約の証《あかし》だ。とてもじゃないが売っぱらうなんてできない。

他に何かないかと、全身を見回して探すが見つからない。日常的に宝飾品を身に着けていればと、生まれて初めて思った。

私が常に持ち歩いている物なんてほぼ無いので……あ、あった。これなら換金もできるし、手放すのも許容できる。

これを渡すのは気が引けるけれどしょうがない。予備はあったけれど、予備の予備は持っていないのだ。

私が取り出したのは例の水晶。いつでもどこでもレベルが測れるように常備している。

「私の気が収まりませんので。代わりにこれを。換金すれば、屋根の修理費くらいは補えるはずです」

「……どこに隠し持っていた？　どこから取り出した？」

「些細《ささい》なことは気にしないでください」

「それと、これは……？」

「レベルを測れる魔道具です。魔道具を取り扱っているお店ならだいたい買い取ってくれるはずですよ」

この水晶は一般に出回っていないので分からなかったのだろうと説明するが、彼はそうじゃないと首を振る。

「これが何かは知っている。なぜ、君はこんな物を持ち歩いている？　レベルに常人ならぬ執着でもして……その黒い髪、まさか君が!?」

どうしよう。思いもしないきっかけで、正体がバレそうになっている。

最初に黒髪がスルーされた時点で、余程の下手《へた》を打たなければ勘付かれないと思っていた。まさか弁償代わりの魔道具から正体が露見するとは。

既に彼は、私がユミエラだと確信しているだろう。

どう対処しようかと悩みつつ、無意味に水晶を手で転がす。

「あー、そのですね……」

「……13？」

何の数字だろうかと一瞬だけ悩んだが、すぐに分かった。

触っていた魔道具がいつの間にか起動し、私のレベル下二桁《ふたけた》を表示していたのだ。それを見られてしまった。ならば、ユミエラだと気づかれないためにすることは一つ。

「ああ、これですか。こうやってレベルが浮かび上がってくるんですよ。13って高くないですか？」

「その歳《とし》の女性が13は大したものだと思うが……そうか、違うか」

ユミエラであるならレベル99を超えているのだと、声高らかに主張する場面。しかし、ここは我慢だ。普段の私を知っている人が聞いたら、偽物を疑うようなことを平然と言ってしまった。

ここで彼が「レベル13ってよわすぎ（笑）」みたいな反応だったら、私は理性を失っていただろうけれど、そうはならなかった。

灰色の髪をした彼は、違うかと呟《つぶや》きつつも腑に落ちない表情だ。念には念を入れて、更にユミエラじゃないと印象づけておこう。

「お兄さんは、私がドルクネス伯爵だと思ったのですよね。大丈夫です、慣れてますから。この髪ですもんね」

「すまない。あんなのと一緒にされては酷《ひど》く不愉快だっただろう」

「……そこまでもないですけどね。あんなに凄《すご》い人と間違われて申し訳ないというか」

「凄い人？　危険人物の間違いじゃないかな？　僕の聞く限りでは、ユミエラ・ドルクネスはまともな人間じゃない。ダンジョンで生まれ育った、戦闘のことしか考えていない、凶悪なドラゴンを飼い慣らしている……話を聞けば聞くほど、まともじゃない」

顔が引きつっていないか心配だ。え？　私ってそこまで酷い人間なの？　隣国ではどう伝わっているの？

ダンジョンで生まれたのは嘘《うそ》にしても、育ったはあながち間違いじゃないし、戦闘について考えることが多いのも本当だ。ただ、リューは凶悪さなどゼロで可愛《かわい》らしさ全振りなので、それだけ間違っている。

しかし全体的に、いささかオーバーに伝わっているようだ。

「で、でも！　領主を務めているみたいですし、噂《うわさ》ほど酷い人でもないのかなと思います」

「周囲の人間が優秀だっただけだ。アレは何もしていないだろう。僕も根拠の無い噂話を鵜呑《うの》みにするほど愚かではない。ユミエラが二人に増えるだとか、別な世界から来ただとか、そんな与太話すら出回っているからな」

2号の件で二人に増えたのも事実ですし、別な世界から来たのもホントです。領主の仕事は周囲に助けられているというのも本当。全部マジだ。

とても信じられない噂話ですら真実だと思うと、何も言えなくなる。謂《いわ》れのない悪評の方がまだマシだったまである。

一緒にされたら酷く不愉快になっちゃう危険人物である私が押し黙っていると、彼は付け加えるように言う。

「それと、お兄さんと呼ぶのはやめてくれないか。僕は君の兄ではない」

「すみません。では何とお呼びすれば？」

「……ギルバートで構わない」

ギルバートさんは兄とか弟とかにやたらとこだわる人のようだ。……あれ？　ギルバート？　どこかで聞いたような？

脳内の人名フォルダから、近しい人物やバルシャイン王国内の人物を除外して検索する。レムレストの王族ではないし、貴族の名前はほとんど知らない、一般の人なんてもっと分からないし……じゃあ、気のせいか。

彼が名乗ったのだから私も名乗らなければ。馬鹿正直にユミエラと言うのは駄目だから偽名を考えなきゃ。とっさに出てきたのは、身近にいる人物の名前だった。

「分かりました。ではギルバートさんと。私は……エレノーラです」

「君の名前は聞いていない」

この人、言動の端々が刺々《とげとげ》しい。

私が何か気に障ることでもしたか？　はい、家を壊しました。怒鳴られてないのが不思議なくらいでした。

エレノーラと呼びかけられても反応できるか怪しいので、君と呼ばれるのは嬉《うれ》しいくらいだ。

「家を滅茶苦茶《めちゃくちゃ》にしたのは申し訳ありませんでした。話の続きです。この水晶を修繕費に充ててください」

「屋根の弁償は不要だと言っている。出ていって、その後はうちに寄り付かないでくれ」

ギルバートさんは頑《かたく》なに固辞する。どうにかして受け取ってもらいたい。ここを出るとき、無理矢理にでも水晶を置いていこうかな。

「ついてこい」

彼はそれだけ言って私に背を向けた。

黙ってついていくと、部屋を出て廊下を歩き、隣の部屋の前で立ち止まる。

「ここは……客室のようなものだ。掃除はしてあるから自由に使え」

「ありがとうございます」

準備もなしに部屋を用意できるなんて、お客さんがよく来るのだろうか。この家自体もどこか普通じゃない怪しい雰囲気がする。

彼は扉を開けて、私に入室するよう促した。

私が言われるままに部屋に入ると、すぐさまドアが閉められた。

「明日になったら出ていけよ」

私が返事をする前に、ギルバートさんの足音が離れていく。優しいのか厳しいのか、よく分からない人だ。

通された部屋を見回す。整えられたベッド、テーブルと椅子が一脚、厚いカーテン。それ以外に、物は不自然なほど少ない。ビジネスホテルよりも生活感が見られない部屋だった。

普通の人の家に、こんな部屋って無いよね？　ただ寝て起きることだけを想定されており、普段はどんな人がここを使うのか謎が深まる。

あまり深入りするのも怖そうなので、休むことにしよう。

ベッドに腰掛けて一息つく。この家の謎、明日の国境越えの経路、考えることが多すぎてとても眠れそうにない。

睡眠はとらなくても、体を横にして休めた方が良いだろう。私はゴロンと横になって――

「んん……朝？」

朝だった。すごい眠れた。関係性のよろしくない外国にある、初対面の怪しい人の家で、爆睡だった。

カーテンを閉めていなかったので、朝日が直撃して眩《まぶ》しい。体を起こして伸びをする。

さて、もうじき出発だ。早くドルクネス領に帰って、月には行けなかったと言って、何やかんやで結婚式は実行することになって……。

嫌だな、帰りたくないな。なし崩し的に結婚式をやるのは良いけれど、月に行くと宣言しておいて行けなかったのは恥ずかしい。

冷戦も月に行けなかった方が負けたわけだし、月面旅行を断念したのは敗北を認めるのと同義だ。

夜に出かけて、翌日の昼に帰ってきて、月に行ったと言っても誰《だれ》も信じない。最低でも三日ほど経過してから帰りたい。

題して、石作皇子《いしつくりのみこ》作戦。竹取物語に登場する石作皇子は、結婚の条件としてかぐや姫に仏の御石の鉢を要求される。彼は鉢がある天竺《てんじく》に渡ることはなく、田舎《いなか》の方で三年間潜伏し、適当な鉢を差し出したのだ。

結局は偽物だと見破られてしまうのだが、三年待ったところに着目してみた。天竺に行っていたと思わせるために三年も潜伏した石作皇子に倣い、月に行ったと思わせるために三日ほど時間を潰《つぶ》したい。


バルシャイン王国に戻っては、私の存在がパトリックに伝わる危険性もある。だからと言って、このレムレストにある宿に行くのも危ない。

私の存在を外部に隠してくれて、とりあえず寝床だけでも貸してくれる優しい人はいないかな。

私が良からぬ企《たくら》みをしていると、部屋の外から足音が聞こえた。きっと、私に隠れ家を提供してくれる優しい人だ。

ノックと同時に扉を開けると、想像通りにギルバート氏がいた。今日も朝から疲れた顔をしている。

「起きろ。早く――」

「おはようございます」

「起きていたか。ではさっさと消えてくれ」

「少しご相談なのですが、三日ほど私を置いていただけませんか？　ただ部屋を貸していただければ、あとは何も要りません」

「何を言っている？」

「本当のことを言いますと、私は家出中でして、あまりすぐに帰るのも格好がつかないので」

「なぜ僕が君の家出に付き合わねばならない。僕は、君を衛兵に突き出してもいいんだぞ」

「治安維持をしている人間がこの家にやって来て……困るのはどちらでしょうね？」

場の空気が変わったのを感じた。

まあ、レムレスト王国の人間を呼ばれては、私の方もすごい困るんだけど。彼の方も訳ありだったようだ。

弁償を断り、すぐに出ていけと言い、隣人から匿《かくま》ってくれた理由。

ずっと私由来のモノだと考えていたが、ギルバートさんの方に事情があると考えれば納得がいく。

彼には何かしら目立ちたくない理由があるのだ。

目立ちたくないので、私という存在には消えてほしいし、隣人の前では好青年を演じるし、夜に女が出入りするのも避けたがる。

的中率は精々二割くらいだと考えていた想像だが、大当たりだった。

ギルバートさんは鋭く私を睨《にら》み、さり気なく身構える。

武器などは持っていないが、すぐに拘束術を使える構えだ。そういう武術系には疎《うと》いが、パトリックと似た感じの構えなので私でもすぐに分かった。

彼が警戒を解くことなく、感情の消えた声で言う。

「何を知っている？」

「何も知りません。あまり目立ちたくないのだけ分かったくらいです」

「君は家出と言ったかな？　真実だとしても、君の家は普通の家じゃないだろう。人が来て困るのは君だぞ。素直に出ていけ」

「正直なところ、人を呼ばれるのは私も困ります。でも、それはギルバートさんもですよね？　こうやって説得しようとするのが証拠です」

私が訳あり人間であることは素直に話す。

ここで重要なのは彼を脅すことではなく、お互いに目立ちたくない事情があると明確にすることだ。相手を排除しようとすれば自分も困る関係が、相互的に築ければ良い。

ギルバートさんは右手を無造作に動かして、左肩を揉《も》む。

そのまま裏拳を放てる体勢だ。体術についてパトリックに聞いたときに教えてくれたやつ。

戦闘関連の知識があると思われたくないので、私は気づかぬふりをする。

「君の、要求は何だ？」

「先程も言った通りです。三日ほど置いてください。他には何も」

「僕も、人には言えぬ事情があることは認めよう。君には黙っていてほしいし、すぐにでも消えてほしい。そうだな……君が物言わぬ骸《むくろ》になれば、どちらの目的も達成できる」

殺害予告までされちゃった。私の想像以上に彼の事情は重いようだ。

でもなあ……。本当に殺す気なら、言う前に実行するはずだ。特に彼は、そういうところがシビアな印象を受ける。

ギルバートさんが口に出して脅したということは、行動に移す気はさらさら無いと考えて良さそうだ。

あまりに怖がらないのもおかしいので、私は迫真の演技で怖がる。

「きゃー、こわーい」

「……馬鹿にしているのか」

盛大に舌打ちされた。でも、私が無反応でも苛《いら》ついたよね？

もうひと押しで、宿が確保できそう。もう少し彼にメリットがあれば良いのだが、一番は私が黙って出ていくことと考えているだろうから……。私が出ていくデメリットを挙げてみよう。

「もし、私が言われるがまま出ていったとして、ギルバートさんの存在を余所《よそ》に漏らすかもしれませんよ。情報の流出を防ぐには、私をここに留《とど》めておくのが一番です」

「詭弁《きべん》だ。君はいずれ出ていくのだから、結果は変わらない」

「私の心持ちが変わります。三日だけ置いていただければ、この家を晴れやかな気分で発《た》ちましょう」

「脅しか？」

「いえいえ、追い出されたら気分が悪くなるという当然の人間心理を述べたまでです」

「屋根を破壊しておきながら、家の主《あるじ》に追い出されて気分を害すると？」

「あ、いや、それはですね……弁償する気はありますし、あ、でも、お金で解決すると思っているわけでもなくて……ごめんなさい」

破壊行為の件につきまして、全面的に非があることを認めます。そうか、空から落ちてきたことを加味すると、私は押し入り強盗のようなものだ。

家屋を壊すだけでは飽き足らず、家人を脅して宿泊を押し通す。極悪非道とはまさにこのこと。初めから、双方にメリットのある交渉なんてできるわけがなかったんだ。交渉人気取りが恥ずかしい。

圧倒的に加害者だったことを思い出し、私は素直に出ていくことを決める。

まずはこの都から離れよう。真《ま》っ直《す》ぐ帰るか、どこかで時間を潰すかを考えるのはそれからだ。

「本当に申し訳ありませんでした。すぐに出ていきます。ギルバートさんのことや、この家にいたことは誰にも話しませんので安心してください。今後も一切、近寄らない方がいいですよね？　できれば、私の存在も隠していただけるとありがたいです。でも、すぐ王都から出ますので、誰かに聞かれたら気にせず答えちゃって大丈夫です」

もうね。ただ謝って、彼の言う通りにするしか道は無い。

さて、太陽の位置から大体の方角が分かるだろうから、それを目安にしてバルシャイン王国に帰ろう。国境を越えてしまえば、私の正体がバレても問題は少ない。

深く頭を下げてから、ギルバートさんの横を通り抜けて部屋を出る。階段を降りてすぐの場所に玄関があったので、扉に手をかけて――

「待て、エレノーラ」

「え？　エレノーラ様がいるんですか？」

背後から聞こえた声を受けて、思わず周囲を見回してしまう。

こんな場所にエレノーラがいるわけ……あ、私が名乗った偽名か。

ここから誤魔化《ごまか》すのはもう無理そうだ。ユミエラと呼ばれて「呼びました？」と振り返らなかっただけ、まだマシと考えよう。

既に訳ありなことは露見しているから、偽名だとバレたところで問題は少ない。もう出ていくしね。

もちろんギルバートさんは私の名前がエレノーラではないと気がついたようで、呆《あき》れた顔で言う。

「君は、頭が回って勘も鋭いのかもしれないが、腹芸にはとことん向いていないな」

「そうみたいです」

「先程も、屋根を抜いたことなど気にせずに滞在を取り付ければ良かったものを」

「そこまで悪くなれないです」

「……アレも、これくらいの良心と頭脳があれば良かったのだがな」

ギルバートさんは深く息を吐いて言う。

アレ、というのは人のことっぽい。良心が無く、頭が悪い人物を思い浮かべているようだ。アレと形容するくらいだから、相当に嫌っているのが窺《うかが》える。

「行く当ては？　昨日《きのう》は無いと言ったが、どの方面に行くのかくらいはあるだろう？」

「えーっと……王都を出ます。東の方まで」

「東と言うと、テタニアの近くか？」

知らない地名が出てきた。多分、レムレストの地名だろう。

私の目的地はもっと東、バルシャイン王国だ。嘘《うそ》を重ねると余計に怪しまれる。必要のない部分は真実を述べた方が良さそうだ。

「もっと東です。アッシュバトン領に行くか行かないかの辺りです」

「……その周辺は行かない方がいい」

国境線付近まで行く予定だと言った途端、ギルバートさんに反応があった。別に、これから戦争が始まるわけでもあるまいに……。

アッシュバトンは平和だけど、国境を挟んだレムレスト側は治安が悪いのかな？

あまり詳細を尋ねられても、越境予定の私は答えづらい。早めに出ていこうと、再び扉に手をかける。

「待て」

そして再び引き止められた。彼は近づいてきて、私の横を通ろうとする。

私が道を譲ると、玄関に手をかけて、背を向けたまま言う。

「君の滞在を許そう。部屋は昨晩の所を、家の中にあるものは自由に使って構わない。食べ物も好きにしてくれ」

どうして急に心変わりを？　私が尋ねる前に「少し出かけてくる」と言い残し出て行ってしまった。

閉まった玄関の扉を見つめて、私はしばらく固まっていた。

◆　◆　◆

ギルバートさんが出かけた後。あてがわれた部屋にいたのだが、暇で暇で仕方なかった。

何もない部屋で三日も過ごすのは無理だ。窓から外の景色《けしき》を眺めつつ、考えてしまうのはパトリックのこと。

きっと、心配しているだろうな。しかしだ。今さら帰って、月に行けなかったと言えば、割と本気で怒られて流れで結婚式を強行されてしまうだろう。

パトリックが寂しくなって、

「こんなことになるなら、ユミエラの言う通り結婚式なんてやらなきゃ良かった。それと、彼女の買う変な物に文句を言うのは止《や》めよう。それとそれと、睡眠導入囁《ささや》きボイスを録音してプレゼントしよう」

という感じで彼が反省するためには時間を空ける必要がある。

元を辿《たど》れば、私は月に行くことが目的ではなかった。結婚式について揉めたのでお互いに頭を冷やそうとしたのだ。そのために、私が実家に帰ると宣言して、何やかんやで大気圏を生身で突破して隣国の王都に落下するに至る。

そう、パトリックだけでなく、私の方も頭を冷やすべきなのだ。

冷静に考えよう。こうやって静かな場所で考えに耽《ふけ》ると、別の考え方も受け入れられるものだ。

……結婚式中止のために、こじつけの理由を並べてしまったな。ウエディングドレスではカレーうどんが食べられないと発言したが、食べなきゃいいだけの話だった。この世界、カレーうどん無いし。

他の理由は……大勢の前に出たくないとか、気を遣うので国王陛下に会いたくないとか、全《すべ》ては私の感情に起因するものだった。私のワガママとも言えるが、しかしどうだろうか？

結婚式とは本来、新郎新婦のためにあるものなのだから、新婦が開催を望まないなら即刻中止にするべきだ。新郎パトリックが開催を望むなら、半分だけ結婚式をやるべきである。

ハーフサイズの結婚式とは。新郎新婦は半分、つまりパトリック一人。親族も半分、つまりアッシュバトン家の縁者のみ。来賓も半分、釣り合いを考えて国王陛下夫妻のみ参列。神父様も半分、神様か父様か……神様でいいか、レムン君を出そう。

アッシュバトン家のホームパーティーに招かれた国王様と王妃様、そして闇の神レムン。集結した謎のメンツが、ドルクネス領の男だけに祝われる。

うん、いいんじゃないの？　私は参加しないから知らないけど。

……と、パトリックは絶対に納得しないであろう折衷案を思いつくくらいには暇だった。

結婚式の回避方法を延々と考えていても気が滅入《めい》るだけだ。

さーてと、じゃあ家の探検でもしますか。家主のギルバートさんは家の中のものは好きに使えと言った。合法的に家を漁《あさ》ることができるわけだ。

ちょっとテンションが上がる。ホテルに泊まるとき、部屋の引き出しなどを端から開けていくのと同じ楽しさだ。目覚まし時計の設定や金庫の使用方法が分からずに、右往左往するのもまた楽しい。

じゃあ始めるか。寝転がっていたベッドから飛び上がり、足音を潜めて部屋を出る。静かにする必要はないけれど、まあ気分だ。

廊下を歩き、まずは隣の部屋だ。鍵《かぎ》がかかっていることを考慮し、誤って鍵を壊して侵入しないよう、優しくドアノブを回す。

すんなりと扉は開いた。

私の目に飛び込んできたのは、荒れ果てた部屋。破壊され尽くしていることを除けば、家具は私がいた所とほぼ同じ物が揃《そろ》えられている。

普通の家に、こんなビジネスホテルみたいな客間が複数あるものだろうか？　しかも、この破壊の跡は何だ？　暴れん坊が定期的に泊まりに来るとでも？

壊れているのは家具だけではない。屋根も抜けており、青い空が見える状態で……。

「あ、私が落ちてきた所か」

隣に案内されたのは承知していたけれど、逆側だと思い込んでいた。初めての家って方向感覚がおかしくなるね。

暴れん坊な私はドアを静かに閉める。パタンという小さな音が近くで鳴ると同時、遠くで大きめの音がした。

玄関の扉が開く音だ。空っぽの箪笥《たんす》のように、一箇所を閉めると別な所が開く仕様になっているかあるいは――

「帰ってきたんだ」

家主が帰宅したかのどちらかだ。間違いなく後者だろう。

ギルバート氏が出かけてから一時間くらいだろうか。考え事に時間を費やしたせいで、ほぼ家の探検はできていない。

そそくさと元いた部屋に戻り、家宅捜索なんてしないで大人しくしていましたよ？　という感じで椅子に座る。物憂げな表情で窓の外を見ていれば完璧《かんぺき》だ。

足音は真っ直ぐに私の方へ。階段を登り終えてから程なくドアがノックされる。

「はい、どうぞ」

「……まだいたのか。消えていることを期待したのだがな」

「丸々三日居座るつもりです。お世話になります」

ギルバートさんは面倒な、とため息をつく。しかし今までのものと違い、しょうがないなあという感情も含まれているように見えた。パトリックが頻繁にするやつと似ているので分かったのだ。

「……食事は？　昨晩から何も食べていないだろう」

「すみません、いただきます」

「保存の利く物を備蓄してある。勝手にしてくれ」

この家に、彼以外の気配は感じられない。ギルバートさんは自分一人のために自炊するタイプにも見えないし、もしかしてずっと備蓄した食料を食べているのかな？

この世界、保存食とか手間をかけずに食べられる物は総じて不味《まず》い。彼の食生活が心配になってきたぞ。よっしゃ、ここは私が一宿一飯の恩義を返しますか。

「よろしかったら、私が何か作りましょうか？　一人分も二人分も一緒ですから」

「余計なことはするな。他人の作った物を口に入れたくないし、火事でも起きたら困る」

今なら美味《おい》しくできるはずなのに……もったいない。

ちょっと前に料理をしたときは、毒ガスが発生したと思われて騒ぎになったりもしたが、私も成長している。屋敷の厨房《ちゆうぼう》を出禁になったせいで腕を振るう機会に恵まれないが、今なら美味しくできるはずなのだ。根拠はない。

あと、火事って……。そんなエキセントリックな料理はしないって。何でも黒焦げにしちゃう系ヒロインはとっくの昔に絶滅したと聞き及んでいる。

流石《さすが》にキツく言いすぎたと思ったのか、彼は私から視線を逸《そ》らして言う。

「それに、ここには野営で使うような調理器具しかない」

野営で使う調理器具？　どうしてまた、そんな物だけがあるのだろうか。

あまり突っ込んでも嫌がられそうなので、料理は断念しよう。暇つぶしも兼ねていたのだが……

もう観光に出るしかないかな？

「分かりました。別で一つお聞きしたいのですが、私がこの家を出るのは問題ありませんか？」

「うん？　三日は出ていかないんじゃなかったのかな？」

「ちょっと周りを見て回って、すぐに帰ってきます。ええっと……王都は初めてですので」

「……君は、家出中ではなかったのかな？」

「ここまで捜索の手は及んでいません。探されているかも謎です」

うーん、必死の捜索をされていても嫌だが、全く心配されていないのもそれはそれで嫌だ。私が危ない目に遭うかもしれないなんて、誰《だれ》も考えないからな。放っておくと人様に迷惑を掛けるからと探されているなら納得できる。

現在進行形で迷惑を掛けまくっているギルバートさんは、しばらく悩んでから口を開いた。

「問題ない。この家に不特定多数の人間が出入りするのはいつものことだ。君が余所者だからと目立つことはないだろうが……」

彼がそう言って視線を向けたのは、私の頭だった。ああ、黒い髪はやっぱり目立つよね。

魔王伝説の本場であるバルシャイン王国に比べ、ここレムレスト王国は黒髪に対する偏見が少ないと聞いている。とはいえ、珍しいことに変わりはない。目立ってしまうのは致し方ないだろう。

「やっぱり目立ちますかね？」

「もちろん。特にレムレストの王都だ。運が悪ければ、衛兵に通報されるかもしれない」

え？　流石にバルシャインでも通報まではされなかったぞ？

隣国では、魔王の伝承がどういう形で伝わっているのだろうか。

「通報までされます？」

「王都の人間は噂話に敏感だからな。君がユミエラ・ドルクネスと誤認されるのは仕方ない」

ああ、そういうこと。魔王さんごめんなさい、貴方《あなた》の悪行は全く関係ありませんでした。

私かあ。私が私だと思われたら通報されちゃうのか。そりゃそうだよね。隣国の最終兵器と性別年齢髪色が同じ人物が現れるんだもん。

「あの伯爵様に間違えられるなら仕方ないですね」

見よ。この自然な、ユミエラじゃありませんアピールを。やっぱり私って演技派なんだよなあ。

私の儚《はかな》い悲しげな演技に心を打たれたのか、ギルバートさんは柔らかい声色になる。

「僕は、君があのユミエラだとは思っていない。そんなに怒るな。君はレムレストを焦土にしようとしたことなんて無いだろう？」

いや、怒ってはないです。あれ？　仕方のないことなんです、これも私の悲しき運命なのですから……みたいな雰囲気を醸し出したつもりだったのだけれど。

あと、本物のユミエラもレムレストを焦土にしようとしたことはない。

「帽子を被《かぶ》れば大丈夫だろう。丁度いいものがあったはずだ」

ギルバートさんはついてこいと言って階下に向かう。

怒ってると思われても結果オーライならいっか。

帽子と言っても、サイズが合うかな。男性用の帽子だと髪を隠すのは難しかったりするし。少し不安になりながら彼の後ろをついて歩く。辿り着いたのは一階の玄関に近い部屋。

ギルバートさんは思案するように立ち止まる。

「ここはプライベートな部屋だ。中は――」

「分かりました。あっちに行ってますね」

彼が言い終わる前に、私は廊下の離れた場所まで行く。ここで好奇心を出して、帽子を貸してもらえないのが一番困る。

ギルバートさんはポケットから鍵を取り出して秘密の部屋に入った。

私に家の物を自由にして良いと言ったのは、大事な所には鍵がかけてあるからか。でも鍵って、ふとした瞬間に壊しちゃわない？

……危ない。危ない。ユミエラの一面がひょっこり出てきてしまった。今の私はユミエラに非《あら》ず。

鍵を壊すなぞという、ユミエラのように野蛮極まりないことはしないのだ。

ギルバートさんは程なく出てきて、すぐに鍵をかけ直す。

もう良いだろうと、廊下を歩いて彼に近づく。すると、彼が手に持っていたのは、鍔《つば》の広い真っ白な帽子。

……どう見ても女性用のそれだった。

「ああ、プライベートってそういう……。いや、いいんですよ。服装は個人の自由ですから」

趣味は人それぞれだ。ギルバートさんがギルちゃんに変身しても……まあ、直視できるかはともかくとして、他人が口出しすることではない。

素敵な白い帽子を被って、スカートから生足を見せながら、彼が砂浜を走る様子を思い浮かべる。

すると射殺せんばかりの視線で睨《にら》まれた。

「何を勘違いしている？　ここは、女性の私室だぞ？　しばらく空けているから、これくらいなら勝手に使ってもいいだろう」

ああ、そういうこと。この家の家族構成が全く見えてこないけれど……今はお出かけが優先事項だ。

ギルバートさんから帽子を受け取り、深めに被る。背中に掛かっている髪を、服の中にしまえば完璧だ。

「ありがとうございます！　あ、女装癖があると勘違いしてすみません！」

ギルバートさんの苦虫《にがむし》を噛《か》み潰《つぶ》したような顔に見送られて、私は家を飛び出したのだった。

四章　裏ボス、観光を楽しむ

レムレスト王国。国土や人口などを含めた国の規模は、バルシャイン王国の八分の一ほどと言われている。僅《わず》かな海岸線と三つの国に囲まれた小国だ。

彼らを取り囲む三国、一つはバルシャイン王国、あとの二つもバルシャイン並みの力を持つ大国だ。

そんな四方を格上の国に囲まれたレムレストが生き残っているのは、運の要素が大きいと言える。

バルシャインを含めた大国がレムレストに手を出した場合、他の大国が黙ってそれを見過ごすはずがない。大国同士の緩衝地帯になることで、今日まで侵略の危機を乗り越えてきた。

武力的にはそんな感じ。


それとこの国、経済的には結構頑張っている。もちろん周辺の大国には及ばないが、人口比などを加味すれば一番進んでいる国と言えるだろう。

レムレストの魔道具と言えば、大陸全土で有名だ。我が家にある照明はレムレスト製だし、他もレムレストの割合は多かったはずだ。

一般に普及している魔道具はもちろん、研究開発も進んでいる。ダンジョンから産出された希少な魔道具を研究して、生産まで漕《こ》ぎ着けたものもあったはずだ。

学園にいた頃《ころ》に少し調べたのだけれど、魔物呼びの笛の研究は手つかずだと分かり、以降は興味を失ってしまったのだった。


ということで、来たぞ技術先進国。

馬車は自動で動き、謎の透明な筒の中を進む電車のようなものがあり、小型の飛行機がぴゅんぴゅん飛んでいて、これまた謎のカラフル全身タイツに身を包んだ人の姿が……。

……無かった。正直、言われなければ外国だと分からない。建築様式も一緒、道行く人の服装も一緒、使う言語も一緒。

がっかりだ。前世で学園都市に行ったときくらいガッカリだ。

学園都市と言われて想像した近未来の都市などなく、自然あふれる住宅街と無駄に敷地面積のある研究施設しかない。研究施設も外観は普通の大学施設って感じだ。

ただ、見学させてもらえた粒子加速器はすごかった。地下にリング状の筒と大きな観測装置がある。小さな粒子を衝突させて、その様子を観察するのだ。

……と、そんながっかりな街並みだった。我がドルクネス領よりはずっと栄えているけれど、バルシャインの王都にはだいぶ見劣りする。

外国観光だと内心はしゃいだは良いものの、飛行機に乗ってないし言葉が通じるしで、外国感がゼロだった。

パスポートを持っていない不法入国だと考えれば、少しばかりテンションが上がるけれど……そこまでだな。この世界、パスポートとか無いし。

でもせっかく技術国に来たのだから、魔道具店を見てみたい。お金を持ち合わせていないのが悔やまれる。お土産は諦《あきら》めて、ウインドウショッピングを楽しもう。

魔道具は整備などが必要なので専門店が存在する。大きな商会では専門家を抱えていたりするのだけれど、基本は魔道具オンリーのお店があるものだ。


レムレストも例に漏れず、魔道具店を見つけるのに苦労はしなかった。

魔道具店と看板が出されている店舗のドアに貼られた紙には「照明の修理、請け負います」の文字がある。わざわざ貼り出すくらいだから、照明修理の需要が一番あるのだろう。流石《さすが》は魔道具生産の国、魔道具の灯《あか》りが相当に普及しているようだ。

しかしながら、小さいお店だ。街の電器屋さんって感じ。家電量販店を見たいのだけれど……。

魔道具をメインに扱う大きな商会に行かないと駄目かな。でもそういう所って入り口で身分確認されたりするんだよね。身バレを避けるためには、この小さな店で我慢するしかあるまい。

お店の人にすごい失礼なことを考えながら入店する。

店番をしていたのはお婆《ばあ》さんだった。髪は一本残らず白くなっているが、椅子に座る姿勢はピンと背筋が伸びていて若々しく見える。

奥で机に向かっていた彼女は、分厚い眼鏡《めがね》をずらして私を一瞥《いちべつ》する。

「いらっしゃい」

「こんにちは」

お婆さんはすぐに眼鏡を掛け直して作業に戻ってしまった。魔道具を分解しているようだ。手で摘《つま》んだ小さなパーツを目から遠ざけて見ている。

私は店内に乱雑に置かれた魔道具を見回す。値札や商品説明が付いていないので、用途の分からない魔道具も多い。やっぱり対面販売の個人商店だったか。ウインドウショッピングにはとことん向かない。

「冷やかしなら出ていきな」

「すみません、お騒がせしました」

作業から目を離さないままの店主さんに怒られた。

うん、出ていこう。買う物も無いし、これからここで商品を買う機会もないだろう。客でない人がいたら邪魔だよね。

私は頭を下げて退店しようとしたが、とある物が目に入って立ち止まる。

「何だい？　用があるんだったらさっさと言いな」

「あの、これを持ってみてもいいですか？」

「……重いから気をつけな」

老婆は私の指差した物を確認すると、触る許可を出してくれた。

私が気になった物は、お店の隅に立てかけられた金属の筒だ。どこか見覚えのある形状をしている。

金属の細長い筒、先端の丸い穴は片側にだけ空いている。木製の持ち手らしき部分があり、引き金のような金属細工も存在した。

これは完全に銃だ。テンション上がってきた。見た目的にはマスケット銃が一番近いかな。ただし結構太くて、銃口の大きさが金貨くらいある。大砲とまではいかないけれど、普通の人間が撃ったら反動で怪我《けが》をしそうだ。

右手で持ち手を掴《つか》み、左手で銃身を支える。ストック部分を肩に当てて射撃体勢だ。

「ばーん」

私は銃の扱いに多少の心得がある。かつては髑髏《どくろ》のマスクを付けて特殊作戦を完遂したこともあったし、無人島にパラシュート降下して最後の一人になるまで戦い抜いたこともある。もちろんゲームの話だ。

「ダダダダダ………フルオートなはずないか。単発の銃って苦手」

単発で許容できるのはショットガンだけだ。

しかも、手元に弾倉や弾込めの機構が見当たらないことから、前装式の銃だと窺《うかが》える。一回撃つごとに、先っぽから火薬と弾丸を入れてやらねばならない。

うーん、レバーをガッチャンコするボルトアクション式はかっこいいと思うけれど、火縄銃みたいに弾込めをするのはイマイチだ。

一回しか撃てないのならば、スナイパー運用が現実的かな。

私は銃をがっちりと固定し、銃身に頬をくっつけるようにして狙《ねら》いをつける。

「距離900メートル、無風……ファイア」

ワンショットワンキル。…………いい歳《とし》して、私は何をしているんだ？

こんなマスケット銃もどき、鉄の棒として振り回した方がずっと強いだろうに……あ、初めから接近戦を想定すればいいんだ。銃剣を付けたらかっこいい。

一瞬、自分の年齢を思い出して冷静になりかけたが、銃剣への熱量が上回った。

「総員、構え……てー！　突撃！」

向かってくる敵に一斉射を食らわせて、あとは銃の先についた剣での白兵戦。燃える展開だ。

銃とは別にちゃんとした剣を持った方が良いとか、求められる技能が違うから兵科を分けた方が良いとか、そんな野暮を言っては駄目だ。

銃が剣に変形したりも好きだけど、直線的でスマートな銃のフォルムが先端の剣で崩れる感じが大好きなんだ。銃剣はいいぞ。

「こうして……ドンッ！　刺してから撃つのも乙なものね」

実際に体を動かしてやってみると、剣術とも勝手が違って面白い。

ブツブツ一人で呟《つぶや》きながら、私はひとしきり遊んだのだった。

まあ、でもこれ、銃じゃないんだろうな。この世界は魔法があるせいか、火薬の技術が発達していない。火薬自体はあって、元寇《げんこう》で使われたてつはうのような簡易な爆弾もあるようだけど、あまり広まっていない。火薬の製造コストを考えると、魔法使いを育成した方が良いらしい。

でも、鉄砲じゃないなら、何に使う物なんだろう。

ふと見ると、お婆さんはこちらを凝視していた。すみません、奇行が過ぎましたね。すごい恥ずかしい。虚空に入って逃げ出したい。

変なことしてごめんなさいと謝ろうとすると、彼女は私の手元を指差して言う。

「あんた……ソレが何か分かるのかい？」

「分かりませんけど」

「え⁉　もっと大きく」

「分かりません」

耳が遠くても聞こえるように、私は声を大きめにして同じことを言う。すると老婆は立ち上がり、確かな足取りで近づいてきた。思ったより背が高い。

「もう一度」

「え？」

「それをもういっぺん構えてみな」

私は言われるがまま、下ろしていた銃らしき物を構える。

何だろう？　絶対に正しい持ち方ではないはずなのに。

「へえ……何かも分かってないでその姿勢に。見事なもんだね」

「これって、どう使う物なんですか？」

「何だと思う？」

「この先から、何かが飛び出すとかですか？」

「当たりだよ。そうやって構える飛び道具……まあ、威力の高い弓みたいなもんだね」

銃だった。

そうか。ここは魔道具店なのだから、火薬ではなく魔石を動力にした物なんだ。火砲の技術が無くとも、魔道具なら銃に限りなく近い兵器は開発可能なはずだ。

しかし、これが鉄砲だとすると小さな店に放置されている理由が分からない。もっと広まっていそうなものだし、レムレストが秘密裏に開発しているのだとしたら無造作に置かれているはずがない。

「初めて見ました。弓より強いなら、どうして出回ってないんですか？」

「使い道のないゴミだからね」

「え？　弓より強いんですよね？」

「威力だけはね。一発撃つのに、一等級の魔石を一個使い切るのさ。一回撃つだけで一個だよ。同じ威力を連発できる魔法使いは腐るほどいる。だから、物干し竿《ものほざお》にもならないゴミなのさ」

そんなにエネルギー変換効率が悪いのか。ただ話を聞いて、詳細な仕組みが気になってきた。使う魔石が高価なので試射は無理だろうけど、色々と聞いておきたいな。

「弾は……ええっと、この穴からは何が飛び出すんですか？」

「純粋な魔力、と言ってもあんたは分からないか」

「分かります。純粋な魔力を飛ばしても、威力が無くなりませんか?」

「うん? 魔法が扱えるのかい?」

「……火属性を少しだけ」

闇属性とは言えないので、火の魔法を使えることにする。

しかし、純粋な魔力を飛ばす意味が分からない。威力減衰が酷《ひど》くてまともに使えたものじゃないはずだ。

「あんたも、純粋な魔力だけを体外に放出することはできるだろう?」

「できますけれど、純粋な魔力をそのまま出しては効率が悪すぎます。属性の魔法に変換して、火の玉などを出すのが普通です」

「普通はそうなんだけどね。魔力をそのまま使っても空気中に霧散する。全《すべ》ての魔力を出し切っても綿を動かすくらいだ」

「……そうですね」

綿を動かすくらいしかできない純粋な魔力を使って、大気圏外まで行った人もいるらしいですよ。本題に関係ないので言わない。

「だから魔道具も各属性に変換してから、火を起こしたり明かりを出したりしている。ヌーク君もファイアボールみたいな火球を出せれば良かったんだけどね」

「ヌーク君?」

謎の単語が出てきた。

私が首を捻《ひね》って聞き返すと、彼女はケラケラと笑いながら言う。

「敵を撃ちヌーク君、この魔道具の愛称みたいなものだ。どうだい？　イカしてるだろう？」

「……はい、そうですね」

考えた人のネーミングセンスおかしいよ。

実験兵器とはいえ、そんな間抜けそうな名前付ける？

「だろう？　で、火球を出したいヌーク君だけれど、一類と四類は干渉するだろう？」

「一類？　それは何ですか？」

「ああ、ごめんね。ついつい昔の仕事仲間と話している気分になっちゃった。魔法は使えるようだけれど、魔道具に関しては素人《しろうと》だったね。どう説明したものか……魔道具の色々な力は種類分けされていて、火球を出すには相性の悪い二つを使わないといけないんだ。矢の役割を果たす物体を作るのと、その矢を飛ばすのを同時にはできないのさ」

「なるほど。矢を作る過程を省略するために、純粋な魔力だけを使っているんですね」

「そういうこと」

あれ？　矢を作るのを省略するならば、初めから矢を用意しておけば良くない？

鉛の弾を装填《そうてん》して、それを飛ばすようにするなら使う力は一種類のはずだ。密閉した場所で火属性の爆発を起こせば、火薬の代用になるだろう。エネルギー効率もそれほど悪くはならないはずだ。

これを開発した人は一から十までを魔道具でやろうとしたようだけれど、一部分を物理的に解決してしまえば……もしかして、これは発言しない方がいいやつ？　異世界の技術が流れ込んで世界が変わってしまうパターン？

聞いただけで研究者なら無理と分かる方法なのかもしれないけれど、聞いただけで研究者が再現できてしまう可能性だってある。

珍しく技術チートの予感がしたので、私は口を噤《つぐ》んだ。

「貴重なお話、ありがとうございました。ヌーク君についてお詳しいですね」

「まあね。これを作ったのは、私だからね」

銃について言わなくて良かったと、改めて思った。

このお婆《ばあ》さん、魔道具の開発ができるんだ。一般家庭でも手の届く安価な魔道具の販売と、簡単な修理をするだけのお店だと思っていた。

初めは無愛想だと思ったけれど、彼女はお喋《しゃべ》りが好きなようだ。老婆は楽しげな様子で話す。

「今ではショボい店の店主だけどね、昔は第一工廠《こうしょう》の研究者だったのさ」

「第一工廠？」

工廠は、軍需品の工場みたいな意味だったはずだ。

私自身があまり聞き馴染《なじ》みのない言葉で、世間一般でも同様のはずだ。しかし彼女は、第一工廠とやらを知らない私に驚いたようだった。

「あの第一だよ？　無駄飯食らいの第一」

「えっと……すみません、知らないです」

「貴族邸宅のほぼ全ての窓ガラスを割った、あの第一工廠だよ？　最近のことだから覚えているだろう？　私が引退してすぐだから……ああ、もう十年前だねえ」

　全く聞いたことがないけれど、レムレストでは有名らしい。

　窓ガラスを割って回る不良集団が脳内に浮かんでいるだけなので、改めて質問する。

「最近、王都に越してきた田舎者なんです。第一工廠について教えてください」

「へえ、垢抜《あかぬ》けてるから王都の子だと思ってた。レムレスト第一工廠、国が運営する魔道具の研究機関だ。第一と第二があるんだ。赤字の第一、黒字の第二」

「……赤字なんですか？」

「赤字だね。ダンジョン産の希少な魔道具を研究材料として仕入れるし、素材も高価だし、大きな魔石をどんどん使うし……幾ら金があっても足りない」

「研究ってお金がかかりそうですもんね」

「まあ第二工廠は、研究成果を売ったり他国に輸出したりして、レムレストの財政を支えているくらいなんだけどね」

　第一工廠、いらなくない？

　国営の研究機関ならば、利益を出す必要は無い。でも片方が赤字垂れ流しで、もう片方が儲《もう》かっているなら、前者を無くしても良い気がする。

　もちろん、かつて第一工廠の研究者だった老婆の前で不要だと言うわけない。しかし、彼女は私の考えを見抜いたようで、不敵に笑う。

「第一は要らないなって思っただろう？　あんたは表情の乏しい子だけど、それくらいは分かるよ」

「いえ、そんなことは微塵《みじん》も」

「初めて聞いた人は誰《だれ》でもそう思うさ。何ならレムレストの貴族連中にも、第一工廠を無くしてしまえって言うのはいる」

それはつまり、必要だと考えている人もいるということだ。

反射的に要らないなと思ってしまったけれど、同じ魔道具の研究でそこまで違いが出るものなのだろうか。儲けている第二工廠も、第一と同じように膨大な経費がかかっているはずだ。

「その二つの研究所は、同じことをしているわけではありませんよね？」

「ふふっ、その通り。ヌーク君の構え方といい、あんた冴《さ》えてるじゃないか」

ヌーク君……ああ、敵を撃ちヌーク君か。独特な名前を付けられた銃もどきに視線を向ける。

そう言えば、これはお婆さんが開発した物だ。つまり第一工廠で作られた物。確かに、これで黒字を出すのは無理そうだ。研究が進み、量産配備ができるくらいになれば莫大《ばくだい》な利益を生むのだろうけど。

しかも、儲かるのはお婆さんではなくて実用化を成功させた人だ。これの開発に一番寄与しているのは彼女のはずなのに……。

「あ、こういうのを作っているからですか？　すごい技術が使われているけれど、余所《よそ》で売れないような物を」

「ほう……自力でそこまで達するのは見事なもんだよ。お嬢ちゃんの言葉の通り、第一工廠は技術的に優れた魔道具の開発を目指すのさ。売り物になるかとか、量産可能かとか、そういう採算を度外視してね。その過程で生まれた技術を使って、第二が需要のある物を作るんだ」

「第二はズルくないですか？　技術泥棒じゃないですか」

「そうかもしれないけれどね、そんなこと言うのは第一工廠にいないよ」

「なぜです？」

やっぱり第一と第二で目的が違った。前者は金銭的利益のことなど考えていなくて、後者は初めから利益を追い求めていた。

外部に評価されるのは、どうしても第二工廠になってしまうだろう。しかし、不満に思う研究者はいないと彼女は言ってのける。

火薬の無い世界で、銃に近しい物を発明した老婆は、今日一番の笑顔を見せて答えた。

「だって、魔道具のことだけを考えた方が、研究だけをしていた方が、ずーっと楽しいだろう？　金を出してくれる貴族は未来への投資だとか言うけれど、そんなことどうでもいいんだよ。研究は楽しい、ただそれだけ」

彼女は根っからの研究者であった。この技術大国で魔道具の研究者になれるような人は、こういう人間だけなのかもしれない。未来への投資というのも、カッコいいと思うけれど興味がないようだ。

その後、機嫌を良くしたお婆さんからお茶をご馳走《ちそう》すると言われたが、帽子を脱がないのが不自然すぎるので泣く泣く辞退した。

色々と魔道具の話を聞きたかったな。店を出る前に一つだけ気になることがある。彼女が第一工廠を説明するときに聞いた、ガラスを割って回ったことについてだ。

「屋敷のガラスを割って回ったというのは、どういうことですか？」

「ああ、それかい。私の弟子……声の大きい子でね、あの子のせいで私の耳が悪くなったんだ。……ああ、その弟子が開発していた魔道具の試運転を、貴族街に近い所でやったせいで、窓ガラスが割れたんだよ」

「えぇ……どうしてわざわざ王都の真ん中で」

「研究所に近いからね」

「あ、分かりました。ちなみにどのような魔道具だったのですか？」

「音響兵器、とあの子は言っていたよ。ガラスが割れるくらいの音を発生させて、敵軍をやっつけるのさ」

「それって、味方もやられません？」

「そうだよ。指向性を持たせられなくて、全方位に大音響を流しまくるからね。なまじ近い分、友軍の方がダメージが大きいよ。その実験で、弟子も鼓膜が破れた」

素人が一瞬で想像できる問題を、未解決のまま実験してた。

第一工廠、そこまでヤバい人の集まりだとは思わなかった。考えてみれば純粋な魔力オンリーで遠距離攻撃をしようとするお婆さんもヤバい。そうか、そういう人の集まりか。

魔道具の研究者、特に第一工廠の人には気をつけよう。会う機会なんてそうそう無いから無用の心配かな。

「そのお弟子さんは大丈夫でしたか？」

「健康と研究だけが取り柄の子だから、すぐに治ったよ。前より声が大きくなったくらいかね？」

「それなら良かったです」

「でも最近、顔を見せてくれなくてね。前に会ったときは数百年前の魔道具を再現するとか言っていたけれど……研究が山場なんだろう。使い手も見つかったようだし。便りが無いのは元気な知らせってね」

「数百年前ですか、ロマンがありますね」

「だろう？　私も現役に戻りたいくらいだよ」

結構な長話をしてしまった。

銃もどきを元あった場所に戻し、私は店から出ることにする。

「今日はありがとうございました。お弟子さんの研究が上手《うま》くいくことを願っています」

「こちらこそ、久々にお喋りできて楽しかったよ。あの子の実験に巻き込まれたらごめんね。窓を片っ端から割るような子だから」

「はい、気をつけますね」

「またおいでね」

名残惜しいが、お婆さんに別れを告げる。

ここにまた来るのは難しいし、弟子の実験に巻き込まれることも無いだろう。

一期一会の素敵な出会いを胸に刻みつけて、私は小さな魔道具店を後にしたのだった。

魔道具店は楽しかった。他は特に見たいものが無いので、あてもなく通りを徘徊《はいかい》する。バルシャインの王都で散々やったお散歩だ。

普段なら危険な空気を放つ場所をガンガン進むところだが、ここで騒ぎを起こすのは避けたい。変な裏路地などに入ることなく、面白い物を探しながら彷徨《さまよ》う。

ふと目に入ったのは鍛冶屋《かじや》だった。外から確認するに、生活用品よりかは武器をメインに扱うお店のようだ。

新しい街に着いたら、まずは武器屋。基本を忘れるところだった。こういう小さな積み重ねを大事にする「丁寧な生活」ってやつを実行していきたい。

ボスに近づくほどに品揃《しなぞろ》えが充実する武器屋の謎に思いを馳《は》せつつ、重厚な木の扉を押す。

武器屋って久しぶりだな。色々とあって、王都バルシャインにある武器屋さんは全部出入り禁止になってしまったからね。

「こんにちはー」

厚い扉をくぐり抜けて店内へ。私以外の人影は無い、ついでにお店の人もいない。

店内を見回すが、どうもパッとしない。剣や槍《やり》、防具などは並んでいるのだが、全体的に薄《う》っすらと埃《ほこり》を被《かぶ》っていた。

品揃えも少なく感じる。棚や壁などの陳列スペースに空きが目立っているし。

流行《はや》っていないお店なのかなと失礼なことを考えていると、奥から店の人が出てきた。髪を刈り上げた大柄な男性だ。うん、見るからに親方って感じがする。

彼は私を一瞥《いちべつ》すると、不愉快さを滲《にじ》ませて言い放った。

「何だあ⁉　女子供の来るとこじゃねえぞ！」

「……今の、私に言いました？」

「嬢ちゃん以外に誰がいるってんだ」

思い出した。私が初めて武器屋に足を運んだときも似たような反応をされたはずだ。

最近は「頼むから帰ってくれ」とか「二度と来るな、破壊魔め！」とかしか言われていなかったので、すごい新鮮な気分だ。

「私に言ったんですね」

「そうだよ！　さっさと家に帰って、お裁縫でもしやがれってんだ！」

ここで、いつもの私なら「こんな脆《もろ》い剣ではお裁縫もできませんね」と煽《あお》り、鍛冶屋さんが「俺が鍛えた剣が脆いだと⁉」と怒る。そして、「私が振ったら壊れちゃいますし」「できるもんならやってみろ」……と続いて、何やかんやで泣いた鍛冶屋さんに追い出されることになる。

いつもの流れをやってしまうと、すこぶる悪目立ちするだろう。黒髪の若い女……だけでも危ういところ、馬鹿みたいな剛腕が追加されたらそれはもうユミエラだ。

目ぼしい物も無いし、さっさと退散しよう。

「すみません。興味本位で来てしまいました。私が来ちゃ駄目な所でしたね」

私が軽く頭を下げると、彼は驚いたように目を開く。

「嬢ちゃん……変わってるな」

「え？　変なところ、あります？」

「嬢ちゃんみたいなのに出てけと怒鳴るとな、ビビって逃げ出すか、女扱いするなと怒り出すかの二択なんだが……そんなに落ち着いてるのは初めてだ」

礼儀正しい令嬢ムーブが裏目に出るとは思わなかった。

何と返したものか。私が言葉に窮していると、彼は顎《あご》で剣を指して言う。

「そんだけ落ち着いていたら、武器を扱う資格もあるってもんだ。ほら、振ってみな」

「……お言葉に甘えて」

断るのも不自然なので、私は頷《うなず》いてしまう。

言われるままに立て掛けてある剣を手に持った。さも重いですよという風に、両手で持ち上げる。両刃《もろは》のオーソドックスな片手剣、盾を持って使うことを想定されたそれは、とても軽く脆そうだった。

さり気なく彼に視線を向けると、真剣な眼差《まなざ》しで私を見ていた。

これ、振らないと駄目だよね。素振りなんてしたら、私の剣の腕が露見しちゃう。どう言い訳するかを考えていると、親方は豪快に笑い出した。

「はははは っ！　剣の心得があるのかと思ったが、ズブの素人《しろうと》だな。そんな持ち方じゃあ、斬れるもんも斬れねえ」

我慢だ。我慢するんだ。私自身、剣術に関しては素人だって分かりきっていたではないか。

重くて硬い鉄の棒で殴ったら強い。剣は棍棒《こんぼう》みたいなもんだと言って憚《はばか》らない私だ。笑われたところで心的ダメージはゼロだ。

ただ、ちょっとだけイラッとして、剣を持つ手に、ちょっとだけ力が入った。

「あっ」

柄《つか》の部分が、グシャリとひしゃげて、ポッキリ折れた。

刃の部分だけが床に落ちて、乾いた音を響かせる。

「おうっ⁉　大丈夫か？　怪我《けが》はないか？」

「はい、大丈夫です。でも商品が……」

「すまん！　数打ちの量産品とはいえ、とんだ不良品だったみたいだ。しかし、この折れ方は一体……」

セーフ。流石《さすが》にアウトだと思った。案外バレないもんだね。

手を差し出されたので、剣の柄であった金属片を渡す。彼はそれを見て首を捻《ひね》りながら言う。

「俺の鍛えた鉄が弱かった？　……いや、ありえねえ。弱い箇所一点に力が加わって……違うな」

彼の脳内には、私が馬鹿力だったという説は欠片《かけら》も無いらしい。申し訳ないことをした。

品揃えが寂しい店内とは裏腹に、店の主《あるじ》はとても熱心に見える。少し意外だった。

真っ二つになった剣を見比べながらウンウン唸《うな》っていた彼は、手持《ても》ち無沙汰《ぶさた》になっている私に気がついたようだ。

「すまんな。驚いただろう。俺もこんなことは初めてで……俺の鍛えた剣が脆いわけじゃ……うーん、量産品ばかり作らされて腕が鈍ったか？　でもこれは前に作ったやつだからな……」

「お気になさらず。その、量産品ばかり作らされていたというのは？」

微妙な陳列品と関連があるかもしれないと思って尋ねてみると、彼はすぐに答えてくれた。

「ここ最近は王国軍の正規品ばかり作ってたんだ。剣も槍も鎧《よろい》も全部。あんなに兵隊増やして、何しようってのかね」

「国から発注があるのは良いことだと思いますけれど」

「規格通りのもん作んのはつまらねえだろ？　それにかかりきりなせいで、俺の店もこの有様だ」

そう言って、彼は埃が薄く積もった店内を見回す。

なるほど、そんな事情があったのか。量産品とはいえ職人の手作り、数セット作るだけでも結構な時間を消費するだろう。

「そんなことがあったんですね。お疲れのところに押しかけてすみません」

「ああ、帰りは気をつけてな」

彼は気の抜けた声でそう言って、折れた剣に視線を戻す。

……このまま帰るのは気が引けるな。おっかなそうに見えて結構優しいおじさんが、私のせいで自分の腕を疑うことになる。普通の人が普通に使う分には壊れたりしない丈夫な剣なのに。

しかし、私の正体を明かすわけには……。でも、しかし、いや……。しばしの逡巡《しゅんじゅん》の末、私は決めた。

「あの、これってこの後どうします？」

「これか？　徹底的に研究だよ。俺たち鍛冶屋は剣士の命を預かってるんだ。こんなこと、二度とあっちゃいけねえ」

「研究の必要はありません。これは普通に丈夫な剣ですよ。私が使う分には脆いですけど」

「何を言って……危ねえ！」

柄と刃が分離してしまった剣。床に落ちている刃の方を鷲掴《わしづか》みにすると、彼は驚きの声を上げる。

無理に取り上げようとして怪我をされても困る。

すぐに私がギュッてすると、グニュッとなってパリッとなってグシャッてなった。つまり、鋼鉄の刃を素手で砕いた。

「こういうことですから。中レベルの魔物までなら普通に斬れると思いますよ」

武器屋の店主さんが呆然《ぼうぜん》としているうちに、私は逃げるように店を出る。

厚い扉を急いで開いて、そっと閉めて、早足で逃走を始めた。

さて、武器屋の商品を破壊して回る女の伝説が国境を越えてしまった。私を国境線なんかで抑え込めると思うなよ……と言うと聞こえが良いが、ただ国内だけに留《とど》まらない暴れん坊だよね。

あーあ、ユミエラの痕跡《こんせき》は残さない手筈《てはず》だったのに。髪を見せていないから大丈夫だろうか。

数分歩いた。これくらい離れれば大丈夫かな。帽子を目深に被り直しながら、改めて観光を再開する。

「……ふつーの街」

本当に普通。たった今、差し掛かっているのは食料市場。穀物や野菜などを売る露店が道の両側に並んでいる。

平和だ。レムレスト王国は、パトリックの実家に攻めてきた印象が強かったので拍子抜けというか。いいことなんだけどね。

国が違えど、そこで生きる人々は同じ。何だかバルシャイン王国よりもこっちの方が平穏に暮らせる気がしてきた。こっちは黒髪に対する偏見も少ないみたいだし。

学園でパトリックと出会わなかったなら、私は国外に逃亡していただろう。ここが私のホームになる未来もあったのかも——

「やだやだ！　買って買って！」

いつぞやの私みたいな声がした。そちらを見てみれば、屋台の前で駄々をこねる男の子がいる。

あの屋台は……水飴《みずあめ》みたいなのを売っているようだ。大騒ぎする男の子を、お母さんが引きずって歩いている。

「買わない。ほら行くよ！」

「やだー！」

いつものことなのか、お母さんは仏頂面で子供の手を引く。男の子は全力で抵抗しているが、地面をズルズルと引きずられていた。

横目で観察。ついにお母さんが痺《しび》れを切らして、繋《つな》いでいた手を放す。

「もう置いていくからね！」

そう言ってお母さんはスタスタと歩いて行ってしまう。男の子は泣きはらした目で歯を食いしばり、その場に留まっている。

おおっ、根性ある。子供の私だったら慌てて母に追いつこうとする場面だ。まあ私は、ああいう風に駄々をこねる子供ではなかったな。数ヶ月前にパトリックの前でやったのが初めてだ。

……もしかして、私って段々と幼稚になってる？　まさかね？

ハラハラしながら親子を見守っていると、お母さんが振り返った。当然、言葉のままに置いていくはずがない。

流石に折れてお菓子を買うのだろうか。また引きずっていくのだろうか。

教育的に何が正解なのか。いつかは私も同じような状況になるかもしれない……あ、私がお母さんの方ね。先輩ママはどう対応する？

「悪い子にしてると、ユミエラが来るよ」

「ユミエラやだあああ！」

男の子は、最大と思われた声を更に大きくして泣き叫ぶ。先ほどまでの不動ぶりはどこへやら、お母さんの元まで全力で走る。

「ユミエラ来ない？　ユミエラ来ないよね？」

「いい子にしてれば、ユミエラは来ないよ」

男の子はひっくひっくと泣きじゃくりながら、お母さんのスカートに顔を埋《うず》める。

ユミエラ、ここまで来てるぜ。

手を繋いで歩く親子を見送りながら、ここなら平穏に暮らせるとかいう考えが浅はかだったと理解した。わたし、ユミエラ・ドルクネス！　隣の国でナマハゲみたいな扱いされてるの！

ユミエラの単語を聞いて、何事かと振り向いた人も多数いたし、「ひゃあ！　ユミエラ⁉」という少女の悲鳴も聞こえてきたくらいだ。

……はーあ、戻ろ。

すっかり意気消沈した私は、数日限りの宿まで帰るのだった。

幕間一　アリシア

アリシア・エンライトは散歩をしていた。

「自由って……素晴らしい！」

見張りは付いているであろうが、自らの意思で出歩けるのは久しぶりであった。この国はいい人が多いと考えながら、レムレストの王都を歩く。

魔王討伐の日から一年以上。彼女はバルシャイン王国の監視下で生活をしていた。

王城の隅にある一室から出られぬ日々。食事や寝床などは用意されていたが、部屋に籠《こ》もりきりの毎日は頭がおかしくなりそうだった。

たまに騎士団に連れ出されては、ダンジョンでひたすらレベル上げをやらされる。

魔王亡き今、なぜ王国はアリシアを鍛えるのか。少なくない労力をかけてまで、光魔法の使い手を強化する理由を、彼女は一つしか考えられなかった。

「いくらわたしが強くなっても、あの人と戦えるわけないのに……」

あの人とはユミエラ・ドルクネスのことだ。ユミエラの弱点である光魔法を使えるが、彼女に立ち向かうことなど考えたくもなかった。

「そもそも、わたしが閉じ込められてるのもあの人が…………わたしが悪いのかな」

アリシアは一人でいるとき、過去に戻ってやり直せたなら……と考えることがよくある。

もしも、光魔法を隠していたら王立学園に通うこともなかったかもしれない。

もしも、ユミエラと仲良くなっていれば……いや、これはレベル上げの最中に死んでいた気がする。

もしも、魔王城でユミエラの背中を――

「どこからおかしくなったんだろうなあ」

光魔法が使えたこと、庶民にもかかわらず王立学園に通わされたこと、ユミエラと最後まで敵対したこと……不幸にも全《すべ》ての要素が噛《か》み合って、アリシアは幽閉生活を送ることになった。

当然アリシアはユミエラに対して良い感情を持っていない。

「雰囲気が怖いし、ダンジョンで殺されそうになったし、わたしが倒すはずだった魔王を倒しちゃうし……本当に嫌い」

思考どころか感情すら読めない無表情を思い出し、アリシアは身震いした。

彼女のことは嫌いであったが、こうして時間が経《た》って冷静に考えてみると、違う考えも浮かんでくる。

「でもなあ……変わってるけど、悪い人じゃなかったのかもな。ダンジョンのアレも、悪意が無かったみたいだし」

元々、黒髪の彼女に悪い印象を持っていたアリシアであるが、決定的になったのはダンジョンに赴いたときだ。必死に戦う自分を、後ろから満足そうに眺めるユミエラは魔王より邪悪な存在に見えた。

しかし、アレはユミエラなりの優しさだったのではないだろうか。実際、あの一日でアリシアのレベルは急上昇した。

それに気づいてから、アリシアは後悔の念が強くなった。今はもうユミエラに恨みなどは――

「あーあ、ユミエラのレベルが13くらいにならないかな。そしたらわたしが、ボッコボコにしてやるのに」

恨みはあった。今も嫌いであった。ダンジョンで死にかけたのは事実であるし、幽閉後もレベル上げを強制されているのもユミエラがいるからこそだ。

ただ、実地で戦うのは怖い。だからこそアリシアはレムレスト王国まで逃げてきたのだ。

そして、更に遠くに逃げる企《たくら》みがあった。

「でもいいんだ。もう大陸の外まで逃げるから」


監視と護衛を兼ねた騎士団と一緒に、ダンジョンに潜ったアリシア。休憩中、たまたま一人になったタイミングで、冒険者らしき男に話しかけられた。「世界平和のため、魔道具の実験に協力してほしい。報酬は望みのままに」

怪しい男であったが、別の大陸に向かう船に乗りたいと告げると、二つ返事で了承してくれた。

起動に光魔法が必要な魔道具を動かすだけで、遥《はる》か遠くまで逃げられる。しかも、世界平和に貢献できる。

こんなに美味《おい》しい話は無い。このまま逃げ出さずにいれば、幽閉が続き、いつかはユミエラと戦わされるかもしれないのだ。

アリシアは依頼に飛びついて、バルシャイン王国から逃げ出したのだった。


解放感に包まれながら歩くアリシアであったが、幸せ気分を邪魔する悲鳴が耳に入った。

「引ったくり！」

彼女が振り向くと、外套《がいとう》のフードで顔を隠した男が走ってくる。その体格の良い引ったくり犯の後方で、妙齢の女性が叫んでいた。

数少ない通行人は、武器を隠し持っているやもしれない男を見て、道を空けてしまう。

そうして、犯人は真《ま》っ直《す》ぐにアリシアの方へ。

「どけ！　女！」

「あまり目立つなって言われてるのに……」

圧倒的に体格差のある男が向かってきたにもかかわらず、華奢《きやしや》なアリシアは全く動じることがなかった。

ため息をつき、男が押しのけようと伸ばしてきた手を無造作に掴《つか》む。

そして、強引に投げ飛ばした。武術などを無視した、レベル差による力の押し付けだ。

「ぐわっ」

「取ったものだけ返して、あとはどこかへ行ってください」

小柄な少女に投げ飛ばされた男は呆然《ぼうぜん》と倒れたままになっていた。彼を無視して、アリシアは盗品らしき荷物だけを取り上げる。

「はい、取られたのはこれで間違いないですか？」

「……ありがとうございます」

ぽかんと立ち尽くしている被害者女性に荷物を渡し、あまり目立ってはいけないとアリシアは足早にその場を去ったのだった。


アリシアは強い。バルシャイン王国の騎士団でも上位に食い込める実力だ。

もし彼女が暴れたら、制圧できるのは騎士団長くらいだろう。それほどの実力があるにもかかわらず、アリシアの自己評価は低かった。ユミエラには絶対に敵《かな》わないことを知っているからだ。

大通りの市場を歩くアリシアは、先ほどの出来事を思い返して呟《つぶや》く。

「……あれ？　わたしって強い？」

幽閉生活で体が鈍《なま》ったように感じていたが、継続してダンジョンには通っていた。

実力を確かめる機会が無かっただけで、着実に強くなっているはずだ。

もしかしたら、騎士団より強くなっているかもしれないし、騎士団長より強くなっているかもしれないし、ユミエラより……。

と、そこまで考えたところで女性の怒り声が聞こえた。

「悪い子にしてると、ユミエラが来るよ」

「ひゃあ！　ユミエラ⁉」

アリシアは常人離れした反応速度を見せ、通りにあった立て看板の陰に身を隠す。

少し遅れて、子供の声がする。

「ユミエラやだあああ！」

「……なんだ、駄々っ子とお母さんか」

ただ子供を怖がらせるための言葉に、本気でビビって隠れたことを恥ずかしがりながら、アリシアは何事も無かったかのように歩みを再開する。

母親のスカートに顔を埋めて泣く子供に視線を向けていたせいで、白い帽子を被《かぶ》った女性とすれ違ったことに、アリシアは気がついていない。

五章　裏ボス、諜報員《ちょうほう》と再会する

お世話になっているギルバートさんの家に戻る。無駄に長く歩き回ったせいで、日も傾き始めている。夕方と言うにはまだ早いくらいかな。

玄関を開けようとして……ん？　この扉、ちょっと重い、ような？　エイヤッと一気に引いたら開きそうだけれど。外開きだと思ったら内開きだったというオチを回避するためにも、一応押してみる。横にスライドしないかも確認。

「ガタガタうるさい。いま開けるから待っていろ！」

開かずの扉の向こう側から、ギルバートさんの声が聞こえた。

ほどなくガチャリと鍵《かぎ》の開く音がして、ドアがゆっくりと動く。

「君はドアノッカーを知らないのか？」

「ドアノッカー……？　ああ、これですか」

ドアに引っ付いているこの金属の輪っか、ドアノッカーが正式名称だったのか。今までずっと「ライオンが咥《くわ》えてる確率が高い輪っか」と呼んでいた。

あまり使う機会って無いんだよね。私の所への来客は最初に使用人が対応するし、人様の所にお呼ばれしたときも……あまり人の家に行ったことがないので使った記憶が無い。

ドアノッカーね、覚えたおぼえた。また一つ賢くなってしまった私を見て、ギルバートさんは開いたままのドアを押さえながら鍵を何度もカチャカチャ弄《いじ》る。

「どうして玄関が開かなかったのかも教えた方が良いだろうか。これは鍵というんだ」

「鍵がかかっているとは思いませんでした」

鍵ね、そういう装置もあったね。危うく鍵を壊して侵入するところだった。

これも貴族特有のアレかもしれない。屋敷には使用人が常駐しているため鍵をかける習慣がない。私室は……誤って破壊しないよう鍵はかけないようにしている。

そんなわけだ。扉の開閉を阻害し、外側からの解除に専用の道具を用いる装置のことなぞ、認識の範囲外だった。

彼には信じられないものを見る目を向けられる。

「本気で言っているのか？」

「私の住んでる地域って、鍵とかかける家が無いんですよね」

「なるほど、そういう所もあるか」

ギルバートさんはあっさりと納得してくれた。

ちなみに、前世の日本における私の居住地はそんなド田舎《いなか》ではない。都会でもないけれど、流石《さすが》に鍵はかける。かけない地域も、余所《よそ》から来た空き巣の標的になるので、今では戸締まりが呼びかけられているらしい。

虚偽のプロフィールに出身地の田舎度を追加しなければと考えていると、ギルバートさんは背を向けて家の奥へと進んでいく。私も続いて入り、玄関を閉め、しっかり鍵を回すのだった。

何となしにギルバートさんの後をついて歩く。

一階を奥へと進んでいき……台所かな？　食材は見当たらないが、魔導具のコンロがある。

少し後ろから、生活感ゼロの台所を観察していると、彼は振り返らずに言った。

「……まさかとは思うが、昨晩も部屋に鍵をかけていなかったのか？」

「そうですよ」

すると、ギルバートさんは大きなため息をついてこちらを見て、呆《あき》れと優しさが混ざった声色で言う。

「君はもう少し危機感を持った方がいい。見ず知らずの男の家に上がり込む時点で手遅れな気もするが……」

「危機感……と言いますと？」

「僕が悪い男なら、君をどうとでもできるという話だ。田舎娘」

「なるほど。私って、男性に力で敵うはずのない、か弱い乙女ですからね。危機管理が大事ですよね」

「そういうことだ」

しっかりと成立した会話だったはずだ。しかし違和感というか、物足りなさがある。それは二人の共通認識のようで、首肯したばかりの彼も首を捻《ひね》っていた。

ここに誰かもう一人いればスッキリする気がするけれど……。誰《だれ》が足りないのだろうか。見ず知らずの人がいてても困るし、どちらか片方の知り合いでももう一方が気まずい。私とギルバートさん、共通の知人なんていているはずないのに。

謎の違和感は無視して、キッチンらしき場所を観察する。

雑に置かれた木箱を覗《のぞ》き込んで見ると、硬そうなパンが紙に包まれ並んでいた。他にも似た箱が数点、蓋《ふた》が閉じられ中身は見えない。

「もしかして、これって全部保存食ですか？」

「そうだ。好きに食べてくれと……まさか、昨晩から何も食べていないのか？」

「……そうなりますね」

好きにしろとは言われていたけれど、勝手に人様の冷蔵庫を開けるような真似《まね》はできない。屋根を突き破った時点で今更だけど。ギルバートさんのいない間に家の中を探検しようとしていたけれど。

しかし、そこまで空腹というわけでもない。前のご飯から丸一日経《た》っているわけでもない。レベルが上がれば基礎代謝は増えそうなものだけれど、むしろ渇きや飢えに対する耐性ができている状態だ。

そういうわけで、別に美味《おい》しくはない保存食を食べるつもりはなかった。あーあ、私が手作りすればとても美味しい物が食べられるのにな。

「遠慮することはないのだがね」

「遠慮とかではなく、ただお腹《なか》が空《す》かないので……」

「……分かった。僕もこれから夕食にする。一緒に食べるならどうだ？」

申し訳ない、無駄に気を遣わせてしまった。というか、大概この人も優しいな。

断るのも気まずいので、ご相伴させていただくことにしよう。準備を手伝おうと思っていると、彼は平べったい木の皿を二つ取り出し、片方を私に突き出した。

「これに食べる分だけ取り分けてくれ」

ここまでテンションの上がらないバイキングも珍しい。

ギルバートさんに倣って、貯蔵された食材を自分の皿に載せていく。

カッチカチのパン、匂《にお》いからして既に酸っぱすぎる瓶詰めピクルス、またしても硬そうな干し肉。以上の三品です。よりどりみどりな三品を、私もギルバートさんも全種類制覇する。

食卓に椅子は四脚、一般的な家庭にありそうなのが不釣り合いに思える。そこに向かい合って腰を下ろす。

コップと水差しも置かれたテーブルに二人分の保存食が置かれている。まだ夕方には早い中途半端な時間、照明を点《つ》けるほどではないが微妙に暗い室内、とても楽しいお食事会が始まる雰囲気ではない。

「いただきます」

まずは硬いパンを一口。パンというか、甘くないビスケットというか、乾パンというか……。日本にあった乾パンはとても美味しかったのだと実感できる。パッケージにバグパイプを吹く人がいて、金平糖が入っているアレが懐かしい。

少量を噛《か》みちぎって口の中でふやかしつつ食べる。噛めば噛むほど口の中の水分が奪われていき、堪《たま》らず水を飲んだ。

ふと見ると、ギルバートさんは黙々とパンを口に運んでいた。

「……美味しいですか？」

「普通。君はどうだ？」

素直にマズいですと言うのもな……。美味しいとは口が裂けても言えないし、普通とも言い難い。イマイチな物を美味しそうに言い換える食レポセンスが試される。

「小さい頃《ころ》にですね、洞窟《どうくつ》を見つけたことがありまして、中に入ってみたんです。夏だったんですけども、ひんやりと涼しくて。過ごしやすかったので、でろーんと横になったんですよ。岩の上をゴロゴロ転がっていたら、水たまりになった窪《くぼ》んだ所に突っ込んじゃって、服が泥だらけになって……。その服を川で洗っていたとき……みたいな味です」

あれ？　私って食レポ上手《うま》くない？　隠されていた自分の才能に恐れ慄《おのの》いていると、ギルバートさんは真顔でしばらく考え込んでから言った。

「それは……不味《まず》い、という意味で間違いないだろうか」

「美味しい部分を説明したんですけど……分かりません？」

彼はまた黙って考え込んだ。その間も、私たちはモシャモシャと口を動かしてパンを咀嚼《そしゃく》している。

しばらく無言の時間が続き、ギルバート氏はようやく口を開く。

「君は……家出をして来たと言っていたな」

露骨に話題を逸《そ》らされた。まあ、いいか、ある程度ぼかしてなら事情を説明するのも問題ないだろう。

そして、普通の世間話が始まった。


「家出は本当ですよ。婚約者と喧嘩《けんか》というか、結婚式のことで言い合いになりまして」

「君のような女性が屋根伝いに移動するほどだ。並々ならぬ事情があると思ったら……痴話《ちわ》喧嘩か」

くだらないとギルバートさんは吐き捨てる。いや、痴話喧嘩とも違うと思うけれど……傍《はた》から見たらそうなのかな？

彼はふつふつと怒りを滲《にじ》ませて続けた。

「僕の身内にもいる。結婚式が中断になったことを、いつまでもいつまでも蒸し返して――」

「え!?　中断したんですか！　いいですね！」

結婚式を中断する方法は是非とも知りたい。そして実践したい。

私は満面の笑みで目をキラキラ輝かせる。……あ、表面上はほぼ無表情のままだ。最近は忘れそうになるが、私の表情筋は相変わらず死んだまま。主観では普通に表情を変えているのと、パトリックやエレノーラが変化に気がつくので忘れそうになる。

「うん？　結婚式で揉《も》めた内容を聞かせてくれ」

「私は中止ないしは小規模でと提案して、婚約者は盛大にやると言って聞かなくて……」

「……そうか、君のような女性もいるのか。すまない、勘違いしていた」

ギルバートさんはバツが悪そうに言う。ああ、逆パターンだと思っていたのか。結婚式に強いこだわりを持つのは女の人が多いイメージだもんね。

「身内の方の結婚式が中断したのは何故《なぜ》ですか？　後学のために聞きたいです」

「式の最中《さなか》に招かれざる客が、大勢で押しかけて来たんだ。僕が生まれる前の話だ」

招かれざる客が大勢か……。恣意的《しいてき》に再現するのは難しそうだな。

仮に来たとしても、ドルクネス家の使用人一同が全力で追い返してしまうだろう。私やパトリックが出張らなければいけないような団体さん……軍隊とか？　魔物も良さそうだ。

結婚のお祝いと称して笛を吹いて……うーん、前にヒルローズ公爵が使ったような物を用意しないと成功しそうにない。一般サイズの魔物呼びの笛を街で使っても、魔物が現れないからね。

「ありがとうございます。参考にしますね」

「しかし……どうしてそこまで結婚式を嫌がる？」

そりゃあ面倒くさいからに決まって……と口を開きかけて留《とど》まる。

つい先日まで、私は結婚式の強行中止なんて考えていなかったはずだ。きっかけとなったのは確か……。

「婚約者にお兄さんがいるのですが、結婚式に出ないと言っているようで……」

「何だそれは。弟の門出を祝わないなんて、兄としてどうなんだ？」

ギルバートさんは僅《わず》かに語気を強めた。そう言えば、彼には弟がいるとか。同じ兄として、パトリックのお兄さんが許せなかったのだろう。

「義理の兄になる人なんですけど、あまり私のことを良く思ってないみたいで」

「彼といざこざでもあったのか？」

「一切無いです。会ったこともありません。ただ、私の悪い噂《うわさ》を耳にしたようで……」

「噂を鵜《う》呑《の》みにするとは、その兄は碌《ろく》でもない人物のようだ。どんな噂を流されているのかは知らないが、君に直接会えば嘘《うそ》だと分かるだろうに」

まるで自分のことのように、彼は静かに憤る。悪い噂としか言っていないのに、それを嘘だと断定するくらいに私を信用してくれているのも嬉《うれ》しい。

話が盛り上がってしまった。あまり喋《しゃべ》りすぎて口を滑らせてもいけないので、食事に戻る。

まだパンを数口食べただけだ。この味のない小麦粉の塊を食べ続けるのも苦痛なので、干し肉を手に取る。

干し肉とは言うが、ジャーキーに近いものだ。想像の数倍は硬い干し肉を顎《あご》の力で噛み切る。しょっぱい……を通り越して塩辛い。肉の旨味《うまみ》などは全く感じられず、岩塩が丸々と口の中にあるのではと錯覚するほどだ。

それに硬い。これも口の中でふやかさなければ飲み込めない。塩分の過剰摂取で喉《のど》が猛烈に渇いた。二杯目になる水を飲む。

「顎の力がすごいな」

「……都会の人みたいに柔らかい物ばかり食べていませんので」

あぶなっ。噛む力でユミエラバレの可能性があるなんて。田舎《いなか》出身の設定を活《い》かし、上手い言い訳ができて良かった。

あ、一応ご馳走《ちそう》になっているのだし、味の感想を言うのが礼儀か。食レポスタート。

「これは、あれですね、木の上の味がします」

「ん？」

「こう見えて私はいいとこの令嬢なので、木登りをしたことがあります。あの木は確か……楓《かえで》でした。木の枝に登ったところで、頭の中に記号が浮かんで――」

「分かった。もう食べた物の感想は言わなくていい」

まあ、そうだよね。現実の保存食は不味いのだから、どれだけ食欲をそそる感想でも聞きたくはないはずだ。

食事に戻る。しばし無言の時間が続いた。黙々と、口を動かして硬い保存食を処理していく。

そして、沈黙を破ったのはギルバートさんだった。

「僕も、僕がここにいるのも家出のようなものだ。親族の婚姻が原因だ」

彼は明らかに怪しい。だからこそ、自身のことを自ら切り出すとは思わなかった。

この家の不可解さなどを考えれば、ただ家出してきたというだけではないのだろう。しかし、ここで嘘のエピソードを話す必要性も無い。きっと、私の事情に共感してくれて口が緩んだのだと思う。

ギルバートさんはゆっくりと語りだす。

「僕には弟がいる。優秀な弟だ。そんな弟が近いうちに結婚することになったんだ」

「おめでたいことでは……ないみたいですね」

「ああ、弟の結婚相手が問題だ。酷《ひど》く暴力的で、思考回路が常人とかけ離れている」

暴力的で思考がおかしいって……。控えめに言って家庭を持って良い人ではない。

鬱憤《うっぷん》が溜《た》まっていたであろう彼は、堰《せき》を切ったように続けて言う。

「物事の一切を殴り合いで解決するような女だ。魔物を呼び寄せたり、人をダンジョンの奥に置き去りにしたりも、平然とする」

「それは……親族総出で反対されませんか？」

殺人未遂みたいなエピソードが出てきた。何でも話し合いでの解決を試みる平和主義者の私からすると、信じられないくらいに酷い女性だ。

普通なら家族全員が弟さんを引き止めると思うけれど、兄の家出という結論から察するに違うのだろう。

「父も母も結婚に賛成している。特に母が乗り気で……」

「その、弟さんの結婚相手って本当におかしい人なんですか？」

「僕も思ったさ。弟も両親も賛成で僕だけ反対、おかしいのは僕の方なのではと。しかし、客観的に見て、あの女はおかしいんだ。アイツの異常性については弟も認めている。それでもなお、愛しているから結婚したいと……ふざけるな」

うーん、その女性の異常さを直接には知らないので何とも言えないけれども、そういう話ってたまに聞く。男女問わず、容姿が良く内面も優秀な人が「え？　あの完璧《かんぺき》超人がどうしてこの人と？」みたいな相手と結婚するのはあるあるなのかも。

「あー、言いづらいんですけれど……弟さんって女性の趣味が……」

「そうだな。良くできた弟だと思っていたが、女の趣味は最悪らしい」

「それは……ご愁傷様です」

恨むべきは、弟さんの趣味の悪さだ。あと、優秀らしい弟さんに言い寄った女性だ。

家庭内で一人、意見が孤立してしまったギルバートさんは家に居づらくなったというわけか。

「優秀な弟なんだ。捻《ひね》くれた僕と違って真《ま》っ直《す》ぐで……。昔は、にーさま、にーさまと言って僕の後を追いかけてきたのに……今では兄上だ。ああ、また、にーさまと呼んでほしい」

ギルバートさんも溜まっていたようだ。堰が切れたように嘆きを口に出す彼は……少しばかり気持ち悪かった。

この人もこの人でブラコン気味だな。どんな女性であれ、結婚を素直に祝福はしなかった気がする。

「……弟さんが大事なんですね」

「当たり前だ。血を分けた唯一の兄弟なのだから……いや、兄弟でなくとも気に入っていたと思う。君も弟に会えば良さが分かるはずだ」

「はあ……」

呆《あき》れて生返事をしてしまう。弟のこと好きすぎな彼は、私にまで布教してきた。私はパトリック一筋なんで、ご紹介は結構です。

その後、ギルバートさんに弟の素晴らしさについて聞かされているうちに食事が終わる。

幾つかの昔話には既視感があった。パトリックから前に似たような内容を聞いたことがある。どの男二人兄弟も、似ているものだなと思った。

満足感ゼロの食事というか栄養素の摂取を終えたところに、金属を打ち付ける音が響いた。

これは、先ほど名前を覚えたばかりのドアノッカーの音だ。

来客だというのに、ギルバートさんは動かない。

すると鍵《かぎ》を開ける音も聞こえた。鍵を所持しているから、この家の人かな？　ではなぜノックを？　誰《だれ》が来たのか、ギルバートさんは知っていそうだけれども……。

色々と考えている間に、来客は家に入り、こちらへと歩いてくる。

「客が来たようだ。僕と彼で話をする。すまないが君は外してくれるかな」

「分かりました」

このままだと私とお客さんが鉢合わせてしまうけれど、隠れろと言われない、会っても大丈夫な人なのかな。

まあ、どうせお互いに知らない顔だろうしね。

そして、来客が姿を現す。彼は、この食事の前に存在しないと断言した人物、私とギルバート氏の共通の知人であった。

「お疲れさまです、ギルバート様いらっしゃいます……か」

私と彼は、顔を見合わせて固まる。

「どうして貴女《あなた》がここに⁉」

「ライナスさん……で合ってますよね」

彼の名はライナス、レムレスト王国の諜報員《ちょうほういん》だ。

◆　◆　◆

ライナスさんと会うのはこれで三度目になる。

彼はレムレスト王国の諜報員だ。私が学園に通っていた頃《ころ》、こちらに寝返るようにと言ってきた人だ。寝返れば望みの物は何でも用意すると提案されたが、そんな甘言に乗っかる私ではない。彼も本国の上司にせっつかれただけで、私が誘いに乗るとは思っていなかったみたいだけれど。

次に会ったのはアッシュバトン辺境伯領に行ったときだ。どうやら彼は国軍関連の人物だったようで、そのときは現場指揮官をやらされていた。

私とリューが睨《にら》み合う両軍の真ん中に着陸し、レムレスト軍は一瞬で崩壊。総指揮官のレムレスト第二王子や将校たちが逃げてしまったので、ライナスが辺境伯と停戦交渉に臨んでいた。

それで、今が三回目。

私の顔を知っているどころか、会話したことのある人はレムレストで彼だけだろう。よりによって、その一人と出くわしてしまうなんて。

ここに存在してはいけないのは私の方だ。彼は驚いて、私の名前を呼ぼうとする。

「なぜ、ド――」

「エレノーラですわ！」

「へ？」

「お久しぶりです。私の名前はエレノーラです」

ドルクネス伯爵と言ったらただじゃ済まさないぞ……と圧をかける。

するとライナスは黙って何度も頷《うなず》いた。もう偽名ってバレてるだろうし、ユミエラ・ドルクネスの名前が出なければ良い。

ライナスさんは続いてギルバートさんに視線を向けて、様子を窺《うかが》うように言う。

「貴方《あなた》のことは何とお呼びすれば……？」

「いつも通りギルバートで構わない。しかし、君がエレノーラの知り合いだとは思わなかった」

「はあ、ではギルバート様と。……なぜ片方だけ偽名なのですか？」

あっ、偽名だってバラしちゃった。ギルバートさんはエレノーラが偽名だと既に分かっているから良いのだけれど、それをライナスは知らないはずなのに……。そういうポカはやらない人だと思っていた。

ギルバート氏も私と同じ感想を抱いたようだった。

「彼女の名がエレノーラではないのは分かっているが……君が暴露するのは違うんじゃないのか？」

「え……？　ああ、はあ……すみません？」

ライナスは納得できないといった様子で、一応謝罪する。そして、腑《ふ》に落《お》ちない表情をしつつも、私に顔を向ける。

「エレノーラ様……で良いのですよね。どういった経緯でここに？」

「家出してきました」

「家出……ですか。なぜ、わざわざここに？」

「偶然です。ここまで来るつもりはありませんでした」

私の考え方をある程度分かっている彼からすると、ユミエラがレムレストにいることを不思議に感じるのだろう。でも仕方ないじゃん。大気圏外から落ちてきたんだから。

ライナスは未《いま》だに首を捻っている。

「しかし、エレノーラ様はこの場所を知らないはずですよね？」

この場所というのは……レムレストの王都ではなく、この家という意味だろうか。そりゃあ、隣国にある謎多き民家のことなど事前情報なしだ。

すると、ギルバートさんが口を開く。

「彼女は本当に偶然、ここに来たらしい。屋根を突き破ってな」

「あー、空から降ってきたんですか」

「空？　屋根伝いに移動していて、この家の屋根が抜けたんだぞ？」

普通、屋根を突き破ったと聞いたなら、屋根を踏み抜いたのだと思うはずだ。すぐに上空からの落下を思い浮かべるあたり、私に対するライナスさんの印象が窺える。

黒髪で、二十歳《はたち》前後の女で、しかも空から降ってきたとなれば、それはもうユミエラだ。私はすぐさま否定する。

「空から人が降ってくるはずないじゃないですか。そんなことになったら大怪我《おおけが》じゃすみませんよ」

高所から落下したくらいで怪我しないと思ったであろうライナスは、その言葉をグッと飲み込んで曖昧《あいまい》に頷く。

私がいる状況に未だに慣れていないらしいライナスは、視線を彷徨《さまよ》わせギルバート氏に向かって言う。

「実際に、彼女に会ってみてどうでしたか？　毛嫌いしていましたが、話してみると普通のところもありますよね。まさか、家出して同じ場所で出会うとは……」

今度はギルバートさんが首を捻る番になった。私もライナスの言わんとすることが理解できない。

「それはどういう意味だ？」

「ギルバート様はユ……エレノーラ様と、これが初対面になりますよね？」

「もちろん彼女と面識は無いが……君と彼女にはどういう繋《つな》がりがあるんだ？」

「あれ？　前にお話ししましたよね？　ギルバート様から質問を受けて」

顔を見合わせている男性二人を見るに、実際に話が嚙《か》み合っていないのだろう。

しばらく黙り込み、思案した後、ギルバートさんが咳払《せきばら》いをして会話を切り出した。

「彼女のことはどうでもいい。約束の時間には早いようだが、火急の用でもあるのか？」

「ああっ、驚いて失念していました。どうやら――」

「待て、部外者がいることを忘れるな」

ギルバート氏が小さくも鋭い声を出す。

私は出ていけってことね。言われる前に席を外そう。椅子から立ち上がろうとするが、ライナスの気の抜けた声に引き止められる。

「えぇ？　彼女もいた方がいいですよ？」

やだよ、巻き込まれたくない。ライナスの職業やらこの家の怪しさを考えるに、ギルバートさんはレムレスト王国のスパイ的な人で……あれ？　自国の隠れ家に潜伏する意味は無いか。

色々と分からなくなったけれど、私が完全に部外者なのは確かだ。聞かなくて良い情報は聞かないに限る。ほら、ギルバートさんも訝《いぶか》しげな表情だし、聞かれたくなさそうだ。

「彼女は部外者だ」

「エレノーラ様にも関わる情報です」

「……君がそう言うなら」

ギルバートさんは納得していない顔だが、早く情報を入手することを優先したようだ。

私は立ち去るタイミングを逃してしまい、秘密の会談に巻き込まれてしまった。

「端的に報告します。軍が動き出しました」

「間違いないのか？　ここにいた連中が中継基地に移動しただけでは？」

「間違いなく全軍が前進を始めました。主力部隊が詰めていたテタニアにいる部下から伝令が来ました」

何となく、話が見えてきた。

レムレストが軍を動かすらしい。多分、向かっているのはバルシャイン王国だ。ライナスが私の同席を望んだ理由にもなるし、合っているはず。

会話に参加もできないので、私は黙って推理を進める。

「早いな。すぐにでも出立できるとは聞いていたが……準備が万全とは言い難いはずだ」

「その通りです。予定を早めた理由については調査中です」

ライナスが自国の動きを伝えに来た。ギルバートさんはレムレストの王都で隠れて活動している。その二つが示すことはつまり、ギルバート氏はバルシャインからレムレストに派遣された諜報員ということだ。

そして、ライナスはレムレストを裏切っている。自国の情報を、隣国の諜報員に流しているというわけだ。

……あれ？　今日の私、すごい冴《さ》えてる？

今なら何でも気づいてしまう気がする。ギルバートさんがバルシャイン王国の人だとこんなに早く気がついたし……うん？　ギルバート……ギルバート……バルシャイン王国人のギルバート……どこかで聞いた、ような？

急に不安になってきたぞ。自慢の考察が見当外れの勘違いだったらすごい恥ずかしい。

勝手な思い込みで行動するのは駄目だ。憶測の部分を確定させておこう。ギルバートさんが頬杖《ほおづえ》をついて考え中の間に、私はライナスに尋ねた。

「あの、ライナスさんは裏切ったという認識で間違いないですか？」

言った後にしまったと思った。裏切りって言葉は人聞きが良くないよね。言い換えて……転向とか移籍とか？

実際に裏切りというワードはよろしくなかったようで、彼は居心地《いごこち》が悪そうに苦笑いしながら答える。

「裏切り……になりますかね。一応、レムレスト全体を思ってのことですが……。我々の国の跡継ぎ争いに巻き込んでしまい、申し訳ありません」

「ライナスさんは……第一王子派でしたっけ？」

「そうです。家と軍閥が、たまたまそうだっただけなのですがね」

完全にバルシャイン側に鞍替《くらが》えしたのではないのか。彼は第一王子派だから……今回軍を出したのは第二王子派かな。政敵の情報を流して、足を引っ張るってことか。

でもライナスさんが心配だな。この事実が明るみに出れば、第二王子派は彼を許さないだろうし、自分の派閥からも切り捨てられかねない。

「そこまで危険を冒さなくても……」

「跡継ぎ争い……というか、それにかこつけた政治闘争には興味ないのですが、第二王子派は第一工廠《こうしょう》を廃止すると主張しています。レムレストのためにも、それだけは避けたいのです」

第一工廠と言うと、魔道具店のお婆《ばあ》さんが昔いた所だ。すぐに役立つ物は作らないが、いつか輝くかもしれない技術を研究している。使い物にならないとはいえ、銃のような物を発明してしまうくらいだ。

「あー、未来への投資ってやつですか」

「ご存知《ぞんじ》でしたか。驚きました」

「魔道具店の店主さんの受け売りです」

未来への投資。お婆さんはどうでもいいと言っていたけれど、外部からの評価はこれがおおよそ正しいものだろう。

所属する研究者たちは、とりあえず魔道具を開発できれば満足みたいだけど。

まあ、事情は理解できた。私の憶測も間違っていなかったようだ。

一応、念の為《ため》、最後の確認をしておく。

「今、兵を出しているのは第二王子の方ですね？」

「いいえ、第一王子派ですよ」

え？　ライナスは第一王子の派閥で、自国の魔道具技術のために第一王子に勝ってほしくて、でも第一王子の情報を敵国に漏らしていて……。

整理したら余計に分からなくなった。もしかして、ギルバートさんがバルシャインから来ているという前提が間違っていた？

「ギルバートさんってバルシャインの方ですよね？」

「当たり前じゃないですか」

当然だとライナスは首肯した。そうだよねえ。色々と分かったけれど、謎が一つ追加されてしまった。

普通に答えてくれそうだし、ライナスに意図を尋ねるかと思ったところで、しばらく黙考していたギルバートさんが口を開く。

「計画は変わらずだ」

「しかし――」

「もう向こうには計画が伝わっている頃《ころ》だ。アレが間に合わなければ、僕はアレを一生認めない。それだけだ」

「え!?　いや、間に合うも何も……」

怜悧《れいり》な視線で射抜かれ、ライナスの言葉は尻《しり》すぼみになってしまう。

何故か第一王子率いるレムレスト軍が予定前倒しで出発したせいで、彼らの計画とやらが危ういらしい。私はあまり関係ないしいいか。

それからギルバート氏は矢継ぎ早に指示を出していく。

「ライナスは軍主力部隊の監視だ。こちらからも連絡要員は出すが、予定が早まった理由が分かり次第、そちらから伝令を出してくれ。実家の方で構わない」

「分かりました。ギルバート様は？」

「僕は戦場の予定地に先回りする」

「ではドル……エレノーラ様も同行する形で良いでしょうか」

ライナスはそろそろ私の偽名に慣れてほしい。私もエレノーラと呼ばれるたびに「え？　エレノーラ様いるの？」と心の中で言ってしまうのであまり責められないけれど。

ギルバート氏がバルシャインの人間と分かった今、身分を偽る意味も薄れてきた。

というか、私は関係なくない？　ここで解散でいいじゃん。アッシュバトン軍に加勢しておきたいのに。

「彼女を同行……？」

「いやいや、私がいても良いことないですよ」

私とギルバートさんは、一緒に行動する必要はないと、揃《そろ》って主張する。

同行案を否定されるなんて、とライナスは驚き、少し考え……ハッと何かに思い至ったようだ。

「まさかとは思いますが、計画について知らされていないのですか⁉」

そう言いつつ、視線は私に向けられている。

はい、何も知らされてないです。だって無関係の部外者だから。

続いてライナスは、ギルバートさんに向き直り言う。

「まさか、彼女に計画について伝えていないのですか？」

「伝えていないが……必要あるだろうか」

答えを聞いたライナスは、焦りの色を表に出す。

焦燥……を通り越して、怒っている雰囲気すら伝わってくる。低姿勢を崩さなかった彼が、激しい口調で言う。

「ギルバート様、まずは彼女に計画の概要を全《すべ》て伝えてください！　そうしなきゃ、話が始まらないでしょう！」

「しかし――」

「その後、彼女がどう動くかを相談して決めてください。いいですね？」

ギルバート氏が気圧《けお》されているうちに、ライナスは言いたいことだけを言って立ち去ってしまう。

「分かりましたか？　計画を、全て、彼女に伝えてください。私は現場に戻ります！　時間がありませんので、それでは！」

怒りつつも律儀に一礼し、彼は私たちに背を向けて、早歩きで家を出ていく。

呆然《ぼうぜん》としていた私たちが気を取り直したのは、玄関ドアが閉まる音を聞いてからだ。

「……行っちゃいましたね」

「何だったんだ？　ライナスがあそこまで言うとは……」

幕間二　パトリックその1

ドルクネス領の屋敷。その主《あるじ》であるユミエラがいなくなってから丸一日が経《た》とうとしていた。

秋も深まり冬が近い。夜の寒さを気にすることもなく、パトリックは夜空に浮かぶ月を見上げていた。

「今日中には帰ってくると思ったんだがなあ……」

彼女が月に行くなどという世迷《よま》い言《ごと》を言い出して、リューと飛び立った後、パトリックは魔法で風を起こして後を追った。

高所への恐怖心を失っていない彼にとって、自分の魔法といえども空高くへ飛ぶのは避けたいところだ。

しかし、ユミエラを心配する気持ちと、本当に月に行って帰ってこないのではないかという不安が少し。ユミエラ墜落時の周辺被害を危惧《きぐ》したのと、ユミエラが面倒なことを言い出すおそれが大部分。

「どうして追いかけてこなかったの？　私がいなくなってもいいの？　……とか言い出しかねない……」

諸々《もろもろ》の複雑な事情が混ざり合った結果、追いかけたのだが……彼の手はユミエラに届かなかった。

リューを引き止めたところまでは良かったのだが、ユミエラは単独で更に上昇を続けたのだ。

空の覇者ドラゴンの限界高度の少し下は、呼吸が苦しくなるくらいに空気が薄い。風……ひいては空気を操るパトリックの魔法も効力が弱まる。

更に高みを目指すには純粋な推力が必要となる。パトリックはもしも自分が高レベルの火属性魔法使いならば飛べると考えていたが、酸素が薄ければ炎も弱まる。火属性に適性がなく、ライターほどの炎しか出せない彼が勘違いするのは仕方のないことだった。

「……後先を考えずに進むべきだったのだろうか」

風魔法を封じられたパトリックだったが、ユミエラの背を追う手段は存在した。

彼女と同様に、純粋な魔力のみを噴射し反作用で飛ぶ方法だ。高位の火属性使いが飛ぶ方法と同じに思えるが、実情は全く違う。

とにかく燃費が悪い。すこぶる悪い。

人間は筋肉の収縮で動いており、必要なエネルギーは血液で運搬している。通常の属性魔法を走ることに喩《たと》えるなら、ユミエラが使用した純粋な魔力で飛ぶ方法は、血液を噴射して移動しているに等しい。

常人は思いつきすらしないし、自らの体が動く前に魔力切れを起こすであろう非常識極まるやり方だった。

貴族の出であるパトリックは元々の魔力量も多く、加えてレベル上昇分が上乗せされているが、一分と持たずして魔力が底をつくだろうというのが彼の見立てだ。

パトリックはずっと上げていた首を戻して、ユミエラの行方《ゆくえ》について考える。

「空へ上がれば上がるほど息が苦しくなる。あれより上に行けば、水中のように息ができなくなるかもしれない。月までの距離は……星よりは近いだろうが……」

地上と月までどれほど離れているのか、彼は想像もつかなかった。

仮に星々と月が同じ大きさなら、月の方がずっと近いことになる。しかし、小さな星が近くに、大きな月が遠くにある可能性もあるし、巨大な星が遠くにあるかもしれない。ならば太陽は？ あの熱量に近づいたら燃えてしまわないだろうか。

それらについて、パトリックは今まで考えたこともなかった。学者のやることだ、分かったところで何になる、と思考を放棄していたことを後悔する。

思い返してみると、ユミエラは自然科学の分野に精通していたようにパトリックは感じた。

何かの折に、空が青い理由を教えてくれたし、この世の物質が微小の粒で構成されていることも話していた。

いつもの冗談だと聞き流してしまったが、コーヒー牛乳なるものを出す茶色い牛や、割り箸《わばし》という食器が原料のめんまという食べ物も、本当は存在しているのかもしれない。

そんなユミエラが断言したのだから、異世界の人類が月面着陸したという話も真実なのだろう。

パトリックはもう一度、空に浮かぶ月を見上げた。

「ユミエラ、月にいるのか……？」

返事が無いことを理解しつつも、彼女へ問いかける。

しかし返答があった。彼の足元、暗がりの地面から声が聞こえる。

「いや、無理でしょ。いくらお姉さんでも月には行けないよ」

「……レムンか」

「お兄さんと一対一でお話しするのは初めてだね」

辺り一面どこも影と呼べそうなほど真っ暗だが、闇の神レムンは丁寧にパトリックの薄い影から姿を現した。

どうにも胡散臭《うさんくさ》く、常に良からぬことを企《たくら》んでいそうな少年の登場にパトリックは顔を歪《ゆが》めた。

「あれあれ？　ボクってお兄さんに嫌われるようなことしたっけ？　あ、お姉さんの近くにいる男全員が嫌いな、嫉妬深《しっとぶか》いタイプ？」

「お前、機会があればユミエラを殺す気でいるだろう？　俺も対象か？」

「ううん。お兄さん程度はどうにでもなるから違うよ。遅くなったけどレベル99おめでとう」

「ユミエラの件は否定しないんだな」

「そりゃあね。世界の時間を巻き戻したり、並行世界間を移動したり、そんな危ない存在を放っておけるわけないもんね。……まあ、レベル上限が無くなって手の出しようが無いから、対抗手段を見つけるまでは敵対しないよ」

あっけらかんと答えるレムンに気を抜きそうになるが、パトリックは警戒を解かなかった。

この腹黒い神は理由もなしに影から出てきたりはしない。ユミエラ不在の今だからこそ出てきたのだと、パトリックは考えた。

「ユミエラに用があるなら出直してきてくれ」

「影の中にいてもお姉さんには気づかれちゃうからさ、今ならここにも入れるなあって。何となく来てみただけ。お姉さんはお出かけ中なんだっけ？」

「月に行っている」

「月ねえ……。いくら物理的に高く飛んだところで、辿《たど》り着《つ》けるはずないのに……」

やはり月には行けないのかとパトリックは納得しかけたが、レムンの言葉に違和感を覚えた。

「物理的に高く飛んだところで……？　それ以外の方法なら行けるとでも言うのか？」

「……お兄さんが知りたいのは、お姉さんが今どこにいるかってことでしょ？」

レムンは分かりやすく話を逸《そ》らすが、パトリックは月への行き方に興味はない。ユミエラの居場所を知っていそうな、意味ありげな口ぶりに思わず食いついてしまう。

「ユミエラの居処《いどころ》を知っているのか？」

「まあね。普通に地上にいるよ。今はお兄さんの所でお世話になってるみたい」

「……辺境伯領のことか？」

「ううん、もっと遠く。お兄さんの家でお兄さんと二人で過ごしてるってこと」

パトリックは、お兄さんが自分を指している言葉だと思い、まずアッシュバトン辺境伯領を思い浮かべた。

しかし会話を続けた結果、どうも彼の言う「お兄さん」はパトリックを指す言葉ではないと分か

った。人物名を頑《かたく》なに言わないレムンの性質が面倒だ。

「そのお兄さんというのは、どこの誰だ？」

「お兄さんはお兄さんだって」

「もっと詳しく」

「お兄さんのお兄さんだよ」

レムンがわざと分からないように話しているとしか思えなかったパトリックは、それ以上の会話は無駄だと打ち切る。

分かったのは、ユミエラがどこぞの男の家で世話になっていることだけ。パトリックは行き場のない苛立《いらだ》ちを感じた。

あのユミエラと一緒にいても問題ない男が自分以外に存在したことに、焦りも感じている。

パトリックは複雑な感情が渦巻き、表情を曇らせる。それを見て、レムンがニヤニヤと意地悪そうに笑っているのにも気がついていない。

「あ、誰か来たみたい。それじゃあボクはここで。じゃあね！」

パトリックが彼のいた場所を確認した頃《ころ》には、影が僅《わず》かに揺らめいているだけだった。

耳を澄ませば、蹄《ひづめ》の音が聞こえる。この屋敷に夜の来客は珍しい。馬で来たということは街の外から来たのだろうか。

パトリックは屋敷の正門に向かって歩き出す。

彼は閉ざされた門を一瞥《いちべつ》した後、軽々と塀を飛び越えて表の通りに出た。

暗がりの中、蹄の音が近づいてくる。程なく体格の良い軍馬が確認でき、馬上の人物に目を凝らした。

「あれは……ルーファスか？」

ルーファスはアッシュバトン家の家臣の一人だ。パトリックは十歳ほど年上の彼に、遊んでもらった記憶がある。

同年代ということもあり、今はギルバート付きの家臣となっていたはずだ。

辺境伯家の連絡要員として来るのは不自然であるし、兄から内密な話でもあるのだろうかと憶測をつける。

軍馬は速度を落として、屋敷の前で止まった。

ルーファスは馬から降りて、パトリックに話しかける。

「夜分に失礼、アッシュバトン辺境伯家より……パトリック様でしたか」

彼は近づいてようやくパトリックの顔を認識したようだった。

なぜ夜に門の前に立っているのか疑問に思ったであろうが、すぐに懐から封筒を取り出す。

「やはりルーファスだったか。なぜここに？」

「こちら、若様からの手紙です。ここでは暗いでしょうから――」

「問題ない。ここで読める。急ぎだろう？」

パトリックは手早く封筒を開けて、月明かりのみを頼りに手紙を読み始める。

ルーファスは影を作らないように手紙を覗《のぞ》き込んだが、全く読めなかったようで首を傾《かし》げた。彼が覗いてくるあたり、この内容は知っているのだろうななどと思いつつ、パトリックは兄の文字を読み進める。

一通り読み終えて、兄の顔を思い出し思わず呟《つぶや》く。

「レムレストとの戦争に負けろ……か」

六章　裏ボス、戦場に向かう

ライナスが去って、しばしの沈黙が生まれる。

ギルバートさんはバルシャイン王国の人らしくて、ライナスと共謀して何かやろうとしている。部外者の私としては聞かなかったことにして帰りたいのだが、ライナスが置き土産《みやげ》を残していった。

私に計画の全貌《ぜんぼう》を伝えるように、ギルバート氏に進言したのだ。なぜ私に？　という疑問は、ライナスが有無を言わさぬ様子で封殺してしまった。

コイツは何者だという視線に耐えられず、私から会話を切り出す。

「ギルバートさんはバルシャインの方だったのですね」

「そう言う君は、どこの国の人間だろうか。ライナスを知っているということはレムレスト？　しかし……」

同国の出身だと分かったのだから、彼に正体を明かしても良いじゃないか……などと考えてはいけない。私の悪評は隣国のみならず、当然自国でも轟《とどろ》いているのだから。

流石《さすが》に、ナマハゲ扱いはされていないと思うけれど、闇魔法をところ構わずぶっ放すやばいヤツと思われていたりは日常茶飯事だ。

ということで、不要の混乱を避けるために私は以降も身分を隠匿する。

「私のことなんて、どうでもいいじゃないですか。国という枠組みに囚《とら》われない……妖精《ようせい》のようなものと思っていただいて差し支えないです」

「差し支える」

「差し支えますか」

差し支えるってさ。

今みたいなやり取り、どこかでやった気がする。既視感の正体を探ってギルバートさんを見つめると、彼にパトリックの面影が浮かんできた。

パトリック成分が欠乏してきて、とりあえず灰色の髪の男性ならいいやっていう状態になっているのかもしれない。

「ライナスがあれほど言うくらいだ。君には計画を教えるべきなのだろう」

「あ、別に知りたくないのでいいです」

「でも僕は、君を信用しきれない」

「だから聞きたくないですって」

現在の私がやるべきことは、アッシュバトン領へと向かっている軍隊を追っ払うことだけだ。早めに辺境伯領に駆けつけたい。

もう一言も喋《しゃべ》ることなく解散して各自行動が良い。そんな私の言葉を聞かずに彼は話を続けた。

「折衷案として、道中で伝えることにしようと思う」

「道中……というのは？」

「僕は明日、アッシュバトン辺境伯領まで行く。その道中でライナスの言付け通り、計画について話そう。仮に君が、僕たちの意に反することを考えても、計画にイレギュラーな行動は取れないだろう」

ライナスの言葉と、信用しきれない私。その二つをいい感じに織り交ぜた発案だ。

行き先が同じなら、一緒に行動してもいいかな。おおよその方角が分かるだけなので、アッシュバトン領まで迷わず行けるか心配だったし。

修学旅行生を見れば分かる通り、大人数を移動させるのは想像以上の時間がかかる。明日の出発でも、例の軍隊より先に国境線まで移動はできるはずだ。

話を聞いた限り、ギルバートさんもレムレスト軍に先回りするつもりみたいだし、同行させてもらうのが良さそうだ。

「分かりました。明日の、いつくらいに出発ですか？」

「日が昇ると同時に出る。今日は早めに寝ておくといい」

そう言い残して、ギルバートさんは二階へと行ってしまった。

成り行きに身を任せていたら、予定より早く帰ることになってしまった。もう暗くなった外を見て、帰宅後のことを考える。

結婚式やる羽目になるのかなあ。結婚式という催し自体が嫌だというのは本当だけど、パトリックのお兄さんが来てくれないというのも地味に嫌だ。会ったこともない彼に、どうにかして会わないといけない。

こればかりは成り行きではどうにもならないだろう。いつの間にか会っていて、いつの間にか私に対する悪いイメージが払拭《ふっしょく》されていたなんて、奇跡みたいなことは起こらない。規模を縮小傾向にするなら結婚式は受け入れるとして……ここで考えても仕方ないか。

特にやることも無い。私も二階に上がり、充てがわれた部屋まで移動する。

ベッドに横になり目を瞑《つぶ》るが眠れそうにない。目を開けて、天井を眺めながら、色々と考えてしまう。

パトリックのお兄さんはなぜ私を毛嫌いしているのか。心当たりはありすぎるくらいだけれど……ああ、いけない。ここで考えても仕方ないと思ったばかりじゃないか。

パトリック兄はさておき、別のことを考えよう。ギルバートさんについてとか。

ライナスが来たことで彼の所属は分かったのだが、未《いま》だに不明なことが幾つかある。明日の道中で聞かせてもらえるらしい「計画」とやらについてだ。

あーあー、聞きたくなーい……と表向きは興味ないフリをしていたが、実際は気になる。私が知ってしまうことで、計画に巻き込まれるのが嫌なのであって、外野で観戦できるのなら興味はある。

引っかかっているのは、レムレストの第一王子派が軍を挙げているという点だ。その情報を第一王子派のライナスが流していて……ん？　逆か？　裏切っているのはライナスではなくギルバートさんの方か？

◆　◆　◆

日の出前の薄明かりで目を覚ます。ちゃんと起きられるかの不安は杞憂《きゆう》に終わった。

伸びをして、慣れないベッドから体を起こす。

もうここに戻ってくることはない。シーツを整えてから、部屋を見回して忘れ物が無いかを確認する。

一階に下りると、既にギルバートさんは起きていた。昨日《きのう》も食べた保存食をモソモソと口に運んでいる。

「おはようございます」

「起きたか。そろそろ起こしに行こうと思ったところだ」

彼は口に入っている物を水で流し込んで、すぐに立ち上がる。

そして、隣の椅子に掛けられていた外套《がいとう》を手に取る。二つあった茶色いそれの片方を、私に突き出した。

「すぐに出る。強行軍になるぞ」

受け取った外套を羽織る間もなく、彼は動き出す。

長旅用と思《おぼ》しき外套は丈が長く、普通に着用すれば裾《すそ》を引きずってしまいそうだ。取り敢《あ》えず帽子だけ被《かぶ》って髪を隠す。外套は丸めて小脇に抱え、彼の背中を追った。

外に出てもギルバートさんの歩みは止まらないので、外套を羽織ることは諦《あきら》め、横に並んで歩く。

「朝食はどこかの屋台で買ってやる」

「ありがとうございます。……いまはどこに向かって？」

どうも進む方向がおかしい。まずは王都の外に出るべきなのに中心部に向かっている。

くしゃくしゃに丸めたせいで、上下が分からなくなってしまった外套を回しながら会話を続ける。

「ライナスが伝手《つて》をつけた商会がある。そこで馬を借りる……乗馬経験は？」

「無いです。あ、でも、馬以外ならいつも乗っていますよ」

「馬とロバでは勝手が違うが……進めと止まれの指示だけ覚えれば道に沿って走ってくれる」

ロバじゃなくてドラゴンなんだけど……。可愛《かわい》らしくて愛嬌《あいきょう》いっぱいの動物という点では似たようなものか。

そうかあ、馬に乗るのかぁ……。馬に乗れそうな機会は何度かあったけれど、お馬さん側の調子が悪かったりで、騎馬ユミエラが実現することはなかった。

……誤魔化《ごまか》すのは止《や》めよう。乗馬経験が無い本当の理由は、私が馬に怖がられることが原因だ。今回も、私が近づいた途端に馬が暴れだして、結局乗れず仕舞いに終わるはずだ。賭《か》けてもいい。

「馬に乗れなかったときはどうします？」

「仕方ないが、僕の後ろに乗ってもらうしかないだろう。馬車では間に合わないし、不都合が多い」

二人乗りは魅力的かもしれない。でも私が馬を乗りこなせなかったときではなく、馬が私を拒絶した場合のことを聞いたんだよね。

きっと馬は暴れるだろう。どんな名馬でも、私を怖がるだろう。

結果は見えている。異国の馬であろうとも、きっと――


「すみません。いつもは大人《おとな》しいヤツなんですが……」

商会の隣に建てられた馬屋。馬のいななきと、謝る厩舎《きゅうしゃ》の方の声が響く。

私が来た段階では、馬たちは少し落ち着かないくらいだった。好きな子を選んで良いと言われて、私が可愛らしいお馬さんたちを舐《な》め回すように見始めた途端にコレだ。

いつもは大丈夫だろうと思って、実際は駄目な流れだった。逆に駄目だろうと考えれば実際は……と考えていたが、無意味な足掻《あが》きだったようだ。

立派な馬たちは「嫌だ嫌だ、ユミエラを乗せるのは怖い」とでも言うように騒ぎ、繋《つな》がれた紐《ひも》を引きちぎる勢いで暴れている。

彼らのことを誰《だれ》よりも理解しているであろう世話係の人は、唖然《あぜん》とした様子だ。

「おい、お前らどうしたんだ⁉　すみません、何かに怯《おび》えているみたいで……」

彼は馬屋を見回して異常を探す。異常は私です。動物にやたらと怖がられているんです。身の回りで虫を一匹も見ないくらいなんです。

心の中で謝罪しつつ、隣を確認するとギルバートさんは呆然《ぼうぜん》と立ち尽くしていた。

「何が起こっている……?」

「もう走っていきましょう。馬で間に合うなら、走っても間に合いますよ」

街道を行く馬の姿は見たことがある。一日中移動し続けるのだから、競馬場の馬のように全力疾走はしていなかった。人が歩くよりはずっと速いけれど、小走りというか軽く流している感じというか。

ある程度レベルを上げた人間であれば、馬と同じ距離を稼ぐことは難しくない。レベル20とか30とかあれば大丈夫なはず。

「僕は自分の足でも間に合うだろうが、君は……そうか、レベル13だったか。多少の不安はあるが……」

「大丈夫ですよ。元々の体力がありますから」

「仕方ない。いざとなれば担いで行こう」

しょうがないと、彼はため息をついた。


馬を諦めた我々一行は、レムレストの王都を出てひたすら街道を進む。

日が完全に昇って明るくなった道を、買ってもらったパンを食べながら歩く。ペースは完全にギルバートさん任せ。彼のスピードに合わせている。

「よくそんなことができるな」

「え？」

ペースを落とした彼は私を見ている。視線は私の手元、苺《いちご》のジャムが挟まっているパンに向けられていた。

「そんなこと……というのは行儀が悪いって話ですか？　食べながら歩けと仰《おつしや》ったのはギルバートさんですよ」

「そうではなく、よく食べながらで僕について来られるなと」

「別に、そんなに速くもないですよね」

「体力を知りたくてペースを速めたりしてみたのだが、君は僕にピタリとついてくる。まだ余裕があるのか？」

　加減速が激しいと思ったらそういうことか。足を速めたタイミングでも変わらず食べ続けるのは一般人ぽくないのね。ユミエラを隠すのも大変だ。

「辛《つら》いです。食べながら小走りになったせいで、お腹《なか》の横が痛くなってきました」

「……試すような真似《まね》をしてすまない」

「大丈夫です。ゆっくり歩いていたら治まりますよ」

「すまない、君は表情が変わらないから……ん？　いや、まさかな？」

　私を気遣ってゆっくりと歩くギルバートさんは、無表情情報からユミエラを連想したようだ。ユミエラを隠そうとしたらユミエラが出てきた。私はやっぱりユミエラだったか。

　身分偽装は継続中。それとなく別な話題を出してみる。

「道中で聞かせていただけるというお話がありましたよね？」

「ああ、それか。僕がバルシャイン側の人間で、レムレストが勝てるように手引きしているというだけだ」

「……バルシャイン王国を裏切っているという認識で間違いないですか？」

「まあ、そうなるだろう」

　国家反逆罪ですね。よしっ、逆賊ギルバートを討ち取れば一件落着ってことか。

　ユミエラパンチの準備をしていると、彼は悪びれる様子もなく言ってのける。

「ライナスとの話を聞いていたのなら、想像がつくだろう？　ライナスは味方が出陣している。彼はああ見えて、愛国者というやつだからな。国に忠義立てして、引き抜きに応じなかった」

「ライナスさんを引き抜き？　そんなことができる立場ですか？　国を鞍替《くらが》えしないといけないのはギルバートさんですよね？」

　ほんの少しだが、自身が怒っていることに驚いた。私はバルシャイン王国に対する忠誠など欠片《かけら》も持ち合わせていないのに。

　少し前、ヒルローズ公爵に言われたように、王国に愛着を持つようになってしまったのだろうか。だって、私の領地と関係の無い所で争いが発生しても……あ、戦場はアッシュバトン領だ。パトリックの実家だ。

　そりゃあイラッとするよね。今も私は愛国心ゼロでーす。

　ギルバートさんは歩みを速める。普通の人は走らないと追いつけないくらいの速度を、軽快に歩く。唸《うな》りつつも、悩ましげに前髪を弄《いじ》る。

「どこから説明したものか……。まず僕は、アッシュバトン辺境伯家の者だ。戦闘が激化するのは本意ではない」

「じゃあ、わざと負ける意味なんて無いじゃないですか。辺境伯家の方ならば、徹底的にレムレストを撃退してこそでしょう？　辺境伯夫人を見習ってください」

「……あの人に見習うべきところは無い」

ともあれレムレスト滅ぶべし。で有名なパトリック母について話した途端、彼は恨めしげな表情で振り返って吐き捨てる。

彼は辺境伯家の家臣みたいな人だと思うのだけれど、主人の奥さんを「あの人」呼ばわりはマズくないかい？

「それは言いすぎですよ。レムレストが絡まなければお優しい方……と聞いたことがあります」

「それが致命的だ。思考や行動が読めない人物は好ましくない」

まあね、特定の事柄が絡むとおかしくなっちゃう人を苦手になるのも分かる。最近もそういうのは苦手って人がいると聞いた気がする。

ギルバートさんは前に向き直り、淡々とした口調で続ける。

「戦争……バルシャインからすれば地方の小競り合いだが、レムレストからすれば立派な戦争だ。戦争は、勝てば良いというものではない」

「ええっと……戦争を未然に防ぐのが一番ってことですか？」

戦争やら紛争やら、武力衝突なんて起きない方が良いに決まっている。

しかし、あくまで理想論。前の世界の歴史も、この世界の歴史も、人類は戦争を繰り返している。

だからと言って「人間って戦争する生き物だから」と開き直るのも違う気がする。理想を追い求める人がいるからこそ、この程度の戦争に収まっているとも考えられるから……。

答えの出ない禅問答に付き合わされるのかと思ったが、どうも違うようだ。ギルバート氏の静かな語り口が続く。

「それが理想だが、今は違う。戦端が開かれた後の話だ」

「負けた方が良いと？」

「場合によっては」

勝つか負けるかなら、絶対に勝つ方が良い。特に今回、バルシャイン王国にもアッシュバトン辺境伯にも非は無いのだから、勝利が最善であるはずだ。

謀反《むほん》人ギルバートを一発殴ってグルグル巻きにして、辺境伯家に裏切り者ですよと献上すれば、パトリックのお兄さんも私を見直してくれるかもしれない。

彼の後頭部を見つめながら拳《こぶし》を握りしめていると、パンチの標的が喋《しゃべ》った。

「アッシュバトン家の歴史はバルシャイン王国よりずっと長い。戦乱の時代、一帯の支配者であった辺境伯家は、初代バルシャイン国王と友誼《ゆうぎ》を結び、以来西の守りを任され続けてきた」

急に歴史の講義が始まった。

戦乱の世の中に突如現れた初代国王が、連戦連勝の快進撃で王国を建国！　という部分ばかりが歴史書で取り上げられているので、アッシュバトン家の歴史が長いことはパトリックに聞いて初めて知ったくらいだ。

アッシュバトン家は領地拡大の野心がなく戦いを避けたい、王家はアッシュバトンと剣を交えずに傘下に加わらせたい。双方の思惑が合致した結果が、辺境伯という爵位なのだろう。同盟と主従の中間のような関係だ。

「そして建国以来、レムレストのある場所に別の国があったときも、領地の境目が変わったことは一度としてない」

「それって辺境伯家が強かったから、負けなかったからですよね？　わざと負ける意味がありません」

「君が自分の口で言っているじゃないか。負けなかった、と」

どういう意味？　負けなかったから領地を維持できていて境目も変わらなくて……あ、取られてもなければ取ってもいないのか。

「負けてもいなければ、勝ってもいないんですね」

「その通り。戦争は勝敗が白黒はっきり付くものではない。アッシュバトンは恣意的《しいてき》に、適度に勝ち、適度に負けている」

「攻めに出ていかないですもんね」

「侵攻して都市を占領したところで旨味《うまみ》は無いからだ。レムレストは都市奪還を目指し、戦いは更に苛烈《かれつ》になる。領主を引き入れても、趨勢《すうせい》次第ですぐに寝返るだろう」

確かに辺境伯領は防衛戦に専念している。

パトリックが学園で実践していたアッシュバトン軍でやるという魔物狩りも、陣地を構えて向かってくる魔物を迎撃する方式だった。訓練や装備なども防衛に特化しているのかもしれない。

「防衛でも、完全に叩《たた》きのめして追っ払えば勝利と言えませんか?」

「彼らが逃げ出したところを追撃すれば、さらなる戦果を得られるだろう。だが、それで何になる? レムレストの兵士にも家族はいる」

「……へ?」

思わず間抜けな声を出してしまった。軍略とかそういう側面での話をしていたのに、急に感情に訴えかけるような言葉が出てきたからだ。いや、故郷に家族がいると思えば戦うのも辛くなるけれど。

ギルバートさんは一瞬だけ私の顔を確認すると、馬鹿にしたように鼻を鳴らす。

「僕が、可哀相《かわいそう》だから追撃はしないとでも言うと思うか? 彼らには家族がいる。大事な人が帰ってこないとなれば、アッシュバトンを憎むだろう。勝ちすぎても、不要な恨みを買うだけだ」

「……そういうことですか」

仕事だから仕方ない、できれば戦わずに帰りたい。そう考えている人を相手にするのと、家族の仇《かたき》を取るために軍に志願したような人を相手にするのとでは後者がずっと大変だ。

ギルバートさんの言う「戦争は、勝てば良いというものではない」の意図するところが分かってきた。負けても駄目だし、勝ちすぎるのもよろしくない。何とも面倒な。

「勝つときは、それこそ完全に勝たねばならない。どこまでも無慈悲に、徹底的にやらねばならない」

「レムレストの人を皆殺しにして、土地に塩を撒《ま》くくらいしないと駄目なんですね」

「……そこまでは言ってない。君は、母みたいなことを言うんだな」

振り返ったギルバートさんに、恐ろしいものを見る目で凝視される。

違うって、そんなことできるわけ無いですよねって意味で言ったんだって。戦争反対ですよ。それと彼の母親が怖い。パトリックのお母君といい、アッシュバトンってレムレスト嫌いな人が多い。憎しみを生み出すのは良くないみたいなことを言っていたけれど、既に憎しみの連鎖が危険水域に迫っている気がする。

それにしても彼がプライベートを明かすとは思わなかった。もう所属を知られたから気にしないのかな？

少しばかり驚いていると、彼は私から視線を逸《そ》らしてわざとらしく咳払《せきばら》いした。

「分かったか？　アッシュバトンは完全勝利を避けている。最善は双方が勝利した状態だな」

「両方勝ちは難しくないですか？」

「面倒だが可能だ。砦《とりで》に籠《こ》もらずに打って出て、すぐに退却してみせる。こちらの被害はゼロ。レムレスト側は、敵は砦に逃げ帰った我々の勝利だと声高らかに叫ぶ」

それはレムレスト側が酷《ひど》くない？

辺境伯が砦から兵を出して、すぐに戻しただけじゃん。

「それって上手《うま》くいきます？　レムレストは何も得をしていないじゃないですか。それで勝利宣言はいいとして、そのあと大人しく引き下がりますか？」

「高い金を払って軍隊を動かすからには、それ相応の目的がある。レムレストの目的は分かるか？」

レムレストの目的はバルシャイン王国を征服して……違うな。国力差を考えるに、全面戦争をして勝つなんて無理が過ぎる。

じゃあ、辺境伯領の一部を我が物にして……そこまでメリットが無いかな。あそこら辺に目ぼしい資源があるならまだしも。

レムレストが何度も攻めてくる理由が分からない。前回、私が追っ払ったときの装備を考えても、長期の戦いは難しそうに見えた。

じゃあ今回はどうだろうか。ライナスは自国の技術を守りたくて、第一王子派の味方をしていて、跡継ぎ争いで有利になるために目に見えた武功が必要で……。

「国内向けのパフォーマンス？」

「理解したか。彼らが欲しているのは物質的なモノではなく、名誉や武功のような形の無いものだ。兵を動かすだけでいいなら、幾らでもくれてやる」

なるほど、勝ちっぽい雰囲気を作れさえすればレムレストは良いのか。

パトリックの実家は戦いの絶えない修羅の国なんだなぁと思っていたけれど、やっているのはヤラセのプロレス？

予想外の事実に呆然《ぼうぜん》としていると、ギルバートさんから補足説明が入る。

「レムレストは大国に囲まれている。定期的に兵を挙げられるほどの余裕があると、周囲の国々に印象づける意味合いもあるはずだ」

更にヤラセっぽさが増してきた。

まあ、ギルバートさんの目的も分かった。向こうにライナスがいる分、円滑に負けることが可能だろう。逆賊とか思ってごめんなさいだな。

「やりたいことは理解しました。まあ、何というか、均衡を保つのって大事だと思いますよ」

ヤラセを頑張って言い換えた結果が「均衡を保つ」だった。

これで今回の謎は大体解けた。ライナスが私に計画を伝えるべきだと主張したのは、私の乱入を避けるためだろう。

「均衡……か。維持し続けてきたバランスが崩れつつある。それを見定めるための計画だ」

「いつものように戦果を譲って終わりではないのですか？」

「僕の弟に婚約者がいるというのは憶《おぼ》えているだろう？」

「あー、頭のおかしい乱暴者の」

ギルバート氏の弟さんは女性の趣味が悪いらしい。異常なエピソードを取り揃《そろ》えた彼女について、私の記憶に残っていた。

彼女はわざと負けるとかできなそうだな。無意味に力を誇示して、要らぬ恨みを買って、人間関係がギスギスしそうなイメージだ。

「そうだ、あの頭のおかしい女だ。今回の負け戦、全《すべ》てをアレにやらせる」

「……やりすぎじゃないですか？」

嫌いなのは分かるけれどさ……。話を聞く限りでは男勝りな御仁なのだが、一般女性にそんな大役を押し付けるのはどうかと思う。

アッシュバトン領の命運が、ギルバートさんの私怨《しえん》で危うくなってしまうのはやりすぎじゃないかな？

「個人的な恨みも……あるにはあるが、それだけではない。彼女がやることに意味がある。アレが負ければ、崩れかけたバランスも元に戻る」

どうにも後半部分が言い訳に聞こえてしまう。恨みが九割くらいでしょ。

私情を挟みすぎだと苦言を呈そうとしたが、彼の言葉には続きがあった。

「アレは勝ちすぎる。誰《だれ》が相手であろうと絶対的な勝利を手にしている。しかし、連勝はいつの日か破綻《はたん》するだろう。だからこそ、上手く負けられるかを試したい。及第点なら……弟と彼女の結婚を認めてもいいかもしれない」

「ああ、それが目的ですか」

ギルバート氏の私情であることは間違いなかったが、嫌がらせなどではなかった。弟の結婚を素直に祝福するきっかけが欲しかったんだね。

前を歩く彼を生暖かい眼差《まなざ》しで見る。すると彼は振り返り、冷たく鋭い目で返された。

「あの女を認めたいわけではない。弟の選択を尊重したいんだ。これくらいの試験、軽く乗り越えられるようでなければ弟に相応《ふさわ》しくない」

「どちらも似たようなものですよ。私の恋人のお兄様も、そういう試練を出してくれればいいんですけれどね。私の義理の兄が、ギルバートさんだったら良かったのに」

「弟の婚約者が君だったならば、元より反対しない。………一度、僕の弟と会ってみないか？」

本気で交換しようとしてない？

私はパトリック一筋だ。それにギルバート弟は女性の趣味がいささか悪いので、私を気に入ることはないだろう。

「嫌ですよ」

「無理を言った。君とあの女は、外見だけなら似ているのでつい」

似てるのか。例の女性のトンデモエピソードを聞いているので、あまり良い気分ではない。

「ちゃんとした理由があるにせよやりすぎですよ。普通の女性に軍の指揮は荷が重いです」

「指揮？　アッシュバトンの大事な兵を、アイツに使い潰《つぶ》されてなるものか」

「レムレスト側に勝ったと思わせなきゃいけないんですよね？　軍隊なしでやるのは無理では？」

端《はな》から成功させる気がないとしか思えない。弟さんの選択を尊重したいという言葉が嘘《うそ》とも思えないし……。

ギルバートさんの考えを読めずにいると、彼は振り返らずに言った。

「そうだな、普通の人間ならそうだろうな。……いまさら君を疑っているわけではない。しかし、その質問は作戦の核心部分だ。現地に着いてから説明しよう」

大事なところがお預けになったまま、私たちは街道を進む。

会話が無くなり、ギルバート氏は歩くペースを上げたので私も合わせる。

周囲の代わり映えしない景色《けしき》に飽き始めた頃《ころ》、彼はピタリと立ち止まった。

「そろそろ休憩しよう。君も疲れただろう」

「分かりました」

「それにしても、よく着いてこられたな。途中で音を上げると思っていた」

全く疲れていないです。普通の人の小走りくらいの速度だったけれど、ある程度レベルを上げた人間なら息も切らさずに歩けるくらいだと思う。

ユミエラバレを回避するためにも、これ以降はちょっと疲れた雰囲気を出しておくか。

そして、途中の街に寄り、水分補給などをしつつ移動を続ける。

太陽が真上を通り過ぎた頃。ギルバートさんは突然、大きな街道を逸《そ》れる。

「ここからは迂回《うかい》路を行く。先行しているレムレストの本隊に追いついてしまう可能性がある」

ここまで来る間も、レムレスト軍の後詰めらしき馬車の一行を追い越していた。本隊に遅れて物資を運ぶ輜重《しちょう》兵ってのだと思う。

横道に逸れて少し歩くと小さな村が。通り過ぎてすぐに林に入る。少しずつ道が上向きになってきた。


なるほど、山越えをして目的地まで向かうのか。

山は慣れている。ここは人の通りがあるであろう山道があるので楽勝だ。マジでガチの山はどこを通れば良いのか分からないくらい木や草が生い茂っていて、攻撃魔法で自ら道を切り開かなければならない。魔法が使えなければ鉈《なた》が必須《ひっす》。

ギルバートさんの後ろについて、ゆっくりとした登山を楽しむ。

岩がゴロゴロしている、傾斜のきついゾーンに差し掛かった。前を行く彼は、自分の身長ほどの高さを軽快に跳び跳び、みるみる登っていく。私も続いた。

難所を抜けると、ギルバートさんは振り返りつつ大きな声を発する。

「ここは難所だ！　登れないようなら――」

「そんなに大きな声を出さなくても聞こえますよ」

彼は真後ろにいる私を見て、ビクリと体を震わせる。まるで、そこにいるなんて予想外だったように。

「……どうやって登ってきた？」

「え、普通に来ましたよ」

「背後から音が聞こえなかった」

「あー、女の子は体重が軽いんで。……ほら、急ぎましょう」

私が急《せ》かすと、彼は首を捻《ひね》りつつも歩みを進めた。

山道を進む。途中で山頂方向から外れ、道が狭くなってくる。

こっちに来る人は少ないのか。いよいよ、秘密の抜け道っぽくなってきた。

わくわくしながら鬱蒼《うっそう》と生い茂った木々を抜けていく。

「おかしい」

「どうしました？」

「動物の気配を感じない。ここは魔物の生息域からも離れている。普段なら小動物の一匹でも見るものだが……鳥の鳴き声すら聞こえない」

彼は不安げに周囲を見回す。

私は違和感を全く覚えなかった。山って普段からこんなもんじゃない？　シーンとしている所は魔物のいない場所。物音がしたら魔物がいる。

そう言えば、野生動物に出くわしたことってないかも。魔物がいない場所には鹿やら熊やらの動物も生息しているのに。ドルクネス領の山も同じはずだ。

ギルバートさんは足を止めないまでも、周りを警戒していた。

「こういうときは、強力な魔物が迷い込んでいるはずだ。それを恐れ、動物たちが息を潜めている」

「魔物って、すぐに生息域から出てきますよね」

「そこまで頻度は高くないだろう。多くて年に数回だ」

集落一つの単位で見たらそんなもんか。領内の人里近くに魔物が現れたら、すぐに出動する生活を送っているので、感覚が麻痺《まひ》していた。

そこで、彼は手を上げて私の目を見る。静かにしろってことね。

何かを見つけたらしいギルバートさんは藪《やぶ》をそっとかき分ける。

「……イノシシか」

藪の中にいたのはウリ坊だった。イノシシの子供だ。縞々《しましま》模様がすごいかわいい。

生のウリ坊は初めて見た。へえ、山ってこういう出会いもあるのか。

ウリ坊は私を見た途端、コロリと地面に転がった。あ、兄弟もいた。五匹もいたのか。みんなで転がってかわいい。しかし、お昼寝というよりかは硬直している感じで心配だ。

「下がれ！」

ギルバートさんが鋭く声を上げる。

藪の向こうから、ガサガサガサと、猛スピードで何かが近づいてくる。

現れたのは……大人のイノシシだった。たぶんお母さん。

母イノシシは私たち、というか私を睨《にら》みつけてフーフーと鼻息荒く威嚇してくる。

その間に、子供たちは起き上がり、もひゅもひゅ言いながら走り去っていく。集団行動できて偉い。

ウリ坊たちの音が遠くに行ってから、母イノシシも踵《きびす》を返して走っていってしまった。

子供を守らなきゃいけないから、お母さんは気が立っていたんだね。どちらも敵意は無いので、戦わずに済んで良かった。

私は素敵な親子に和んでいるが、ギルバートさんだけ未《いま》だに険しい顔をしていた。彼の視線はイノシシが去った反対側、私の後ろだ。

「あのイノシシは僕と目を合わせなかった。人間なんて脅威の外だとでも言うように、僕の後ろを睨みつけていた。例の魔物は、向こうにいる」

彼はそう言って、私の後ろを指差す。

いやいや、イノシシママが見ていたのは私だよ。前に出ていたギルバートさんより、私の方が危ないと思って……あ、そういうことか。

静かすぎる森。私にとってはいつも通り。

イノシシが、この森の動物たちが恐れているのは、間違いなく私だ。私にビビって静まり返っているのだ。

「……魔物は出てこない気がします。先に進みましょう」

根拠は言えないので、ギルバートさんは半信半疑のまま道を行く。

当然ながら強い魔物に出くわすこともなく、目的地に到着した。


視界が急に開けると、そこは崖《がけ》の上。下に広がる草原を一望することができた。

この場所には見覚えがある。前にリューと着陸した地、アッシュバトンとレムレストの軍が睨み合っていた場所だ。

レムレスト側には既に本隊が到着していた。後ろの方で天幕を張る作業をしていた。

アッシュバトン側は無人。少し離れた場所にある砦《とりで》にいるのだろう。ご丁寧に打って出る必要はない。あのとき睨み合っていたのはパフォーマンスだったと今ならよく分かる。

「どうにか僕たちは間に合ったな。一日かけて進軍、本格的に動き出すのは明日から、いつもの流れだ。あとは彼女の到着が何時になるか……」

「確かレムレストの進軍が予定より早まっていましたね。例の女性はアッシュバトンにいるのですよね？」

「いいや。バルシャインの東側だ。昨日《きのう》には伝令が行っているはずだが……」

東側⁉　アッシュバトンが西の端で、王都を挟んだ更に向こう？

絶対に間に合わない。あーあ、何故か進軍が早まったせいで計画が台無しだ。

「間に合いそうにないですね。ちなみに、東側のどこら辺ですか？」

「……もう言っていいか」

バルシャイン東側は、我がドルクネス領が位置することもあり、多少の土地勘はある。領の名前は大体憶《おぼ》えているし、言われれば場所も分かるだろう。

そして、彼が口にしたのは非常に聞き馴《な》染《じ》みのある地名だった。

「ドルクネス領だ」

「ドルクネス……え？」

「あの忌々しきドルクネス領から、あの女はドラゴンに乗ってやってくるだろう」

え？　え？　ドルクネス領でドラゴンに乗ってる人って一人しか知らない。

「あの、もしかして……」

「そうだ。僕の名前はギルバート・アッシュバトン。弟パトリックの婚約者はユミエラ・ドルクネスだ。ここまで言えば、彼女一人にやらせる意味も分かるだろう」

なるほど！　軍の指揮を渡さないまま、一般女性が軍隊に負けたふりをする理由が分かりました。

あのユミエラ・ドルクネスなら一人でも軍隊並の戦力だもんね！

計画の核心部分が分かってスッキリ…………していることではない！

え、でも、パトリックのお兄さんの名前はギルバートで、あ、ギルバートか。

私の脳みそのポンコツ具合に呆《あき》れる。バルシャイン王国内でギルバートという人物に会ったらパトリック兄だと思えとインプットしたはずなのに……ああ、国外だったからか。それにしてもポンコツだけど。ＡＩももうちょっと融通を利かすぞ。

じゃあ、彼の言っていた頭のおかしい婚約者って私のこと？　じゃあじゃあ、女性の趣味が悪い弟さんってパトリックのこと？　じゃあじゃあじゃあ、ギルバートさんって私の義理の兄ってこと？

誰《だれ》も予想していなかった衝撃の展開に、脳内が混乱を極める。

しばらく固まって思考を巡らせ、情報を整理する。

……ん？　最悪の事態と思われたが、意外と良い状況なのでは？

私の悩みであり家出の原因でもある、パトリックのお兄さんが私に会ってくれない問題。これは解決している。既に会って会話もしている。

そしてパトリック兄が私のことを嫌いすぎる問題。これも解決。ギルバートさんの私に対する印象は悪くない。

最後に結婚式に出てくれない問題。これも簡単だ。今からレムレスト軍に突撃して「やーらーれーたー」と一芝居打てば良い。

お？　知らない間に諸問題が解決していたじゃないか。

しばらく固まっている私に、ギルバートさんが痺《しび》れを切らして肩を揺すってくる。

「大丈夫か？　アイツの名前にトラウマでもあるのか？　いや、無理はない」

「ギルバートさん、質問です。私のこと、どう思ってますか？」

「……どういう意図か分からなければ答えようがない」

「失礼しました。私が弟さんの婚約者に名乗りを上げたとして、どう思われますか？」

「君が？　ユミエラと比べれば雲泥の差だ。僕としては君を推したいが……」

よし、貰《もら》った！

ここで私が正体を明かせば、ギルバートさんは「ええっ！　君がユミエラだったのか！　是非ともパトリックと結婚してくれ！　僕も祝福しよう」と言うはずだ。

この幸福な結末は、私が家出をすると言い出して月に向かったからこそ。大気圏外からの落下の先で、偶然が積み重なり、ハッピーエンドを迎えることができた。

「私の名前、エレノーラというのは偽名です」

「それは知っている」

「本当の名前はユミエラ、ユミエラ・ドルクネスが私の名です。お義兄《にい》さん」

今度はお義兄さんが固まる番だった。

「……ユミエラ？　君が？」

「はい。闇魔法を見せますね」

ユミエラであることを証明するため、影から黒い腕を伸ばしてみせる。闇魔法ダークバインドだ。

これで信じてくれるだろう。黒い髪だけでは分からないけれど、闇属性を扱えるとなれば私で確定だ。

彼は口元に手を当ててぶつぶつと呟《つぶや》く。

「その魔法に黒髪……エレノーラが偽名だとは分かっていたが……ライナスが計画を教えろと言ったのも、そういうことか」

今思い返すと、ライナスは私たちが互いの素性を知っていると思っていたのだろう。まさか私と彼が、相手を見知らぬ人と認識しているとは考えまい。

私がユミエラであると、彼は受け入れたようだ。ギルバートさんは私の目を見て言う。

「そうか。君はユミエラ・ドルクネスだったのか」

そしてギルバートさんの目から光が失われていく。

無表情になりしばし。段々と顔に生気が戻ってきて、憤怒《ふんぬ》の形相へ。……あれ？

「お前がユミエラか！　よくも騙《だま》してくれたな！　パトリックとの結婚は絶対に許さないからな！」

「え⁉　私がパトリックの婚約者に相応《ふさわ》しいって言ったじゃないですか！　酷《ひど》いですよお義兄さん」

「二度と僕を兄と呼ぶな！　初めからおかしいと思っていたんだ。人の家の屋根を突き破って現れる⁉　そんな非常識なやつを親族にしてなるものか！」

「ちょっと待ってください！　私の境遇を話したとき、会いもしないで判断する婚約者の兄は酷いって、お義兄さん言いましたよね⁉　あれ、お義兄さんのことですよ！」

「兄と呼ぶなと言ってるだろう！　何もかもがおかしかった！　何だ、あの常軌を逸した保存食の感想は！　馬鹿げた体力にも納得だ！　どうせ、森の動物もお前を怖がっていたんだろう⁉」

裏切られた。ここまで見事に手のひらを返されるとは思わなかった。

お互いが前のめりになり、至近距離での言い合いは続く。

「へー、私がユミエラだと分かった瞬間、そこまで意見を翻しますか！　そもそも、人を見る目がないんじゃないですか？　会いもせず伝聞だけで人となりを判断するだけありますね！」

「お前の異常さは伝聞だけでも分かる！　パトリックの女の趣味が悪いと言ったのも君自身だぞ！」

「パトリックの趣味やセンスは優れています！」

「そうだ！　僕の弟は完璧《かんぺき》だ！　恋人選び以外はな！」

もうこの人嫌い。ギルバートさんの接した私は、猫を被《かぶ》った状態だったのにこの評価になってしまうのか。もう正攻法で、会話をして仲良くなって、結婚を認めてもらうのは無理だろう。

じゃあ、もう、例の計画を実行するしかない。

「お義兄さん言いましたよね？　私が上手《うま》く負けられたら、結婚を認めるって」

「言ったさ！　ほら！　さっさと負けてこい！」

売り言葉に買い言葉。事前の段取りとかをすっ飛ばして、計画は実行に移される。

今にも取っ組み合いになりそうな距離。私たちは同時に舌打ちをしてから離れた。

「じゃあ行ってきますぅ」

「さっさと行け」

私はギルバートさんにメンチを切りながら、後ろ向きに崖を飛び降りた。
目指すはレムレスト軍の本陣。

幕間三　パトリックその2

アッシュバトン辺境伯領は、土地そのものが防衛に特化している。

元々は地理的に守りづらい立地であったらしい。しかし、王国より長い数百年の歴史が、脈々と続く歴代の辺境伯たちが、その地に住まう血族たちが、少しずつ開発を進めた結果として今の辺境伯領が存在する。


大軍を素早く移動させるために整備された街道は、各所に仕掛けが施してあり、攻め入られた際は敵を妨害するようになっている。立派な石橋も、とある箇所に手を加えれば立ちどころに崩れ去る。普段は安全に通行できる谷も、人為的な土砂崩れをいつでも起こせるようになっている。

それらの防衛設備はレムレスト王国に近い西側のみならず、国境線から離れた東側にも存在していた。表向き、目立つ砦などは放棄してあるが、いつでも運用が可能だ。

何人《なんぴと》たりとも侵略させず。アッシュバトン家の行動原理を理解しているからこそ、王家も彼らを無下に扱うことはできない。

それほどの力を有している辺境伯家であるが、大貴族であるという印象は極めて薄い。中央の政治に関わらず、領内に引きこもっている気風が原因だ。

バルシャイン王国の西の端にあるアッシュバトン領、その更に西の端。領内に幾つも存在する軍事拠点の中の一つ。精鋭が集められた砦《とりで》は、対レムレストの最前線。

敵国側には開けた草原が広がり、平野部にポツンとたたずむそれは、一見すると攻めやすそうに見える。

見えるだけでなく、実際に攻めやすい。地形的な障害は無いので簡単に包囲できるし、迂回《うかい》して領内に入ることも容易《たやす》い。

しかし、その後が問題だ。

砦の包囲はすぐにできても、砦自体の攻略には時間がかかる。その間に、アッシュバトン本隊から騎兵が駆けつけて、円を作るために伸び切った戦線を食い破られるだろう。

砦を無視した場合は、前の本軍の相手をしつつ、後ろの砦からの奇襲を警戒しなければいけない。

包囲と迂回、両方が並行して実行されたこともある。レムレストの前身国家であるタリオン帝国は、例の砦を別部隊に包囲させ、本隊をアッシュバトン領内に進めた。

包囲に別働隊を割いてもなお、戦力ではタリオン帝国が優勢。

両軍が激突する数時間前、砦で動きがあった。タリオン帝国の方角からアッシュバトンの騎兵隊が現れたのだ。自分たちと同じように迂回してきたのだと察した帝国別働隊の指揮官は、騎兵と砦とでの挟撃を避けるため、すぐさま包囲網のうちアッシュバトン方面に展開していた兵を逆側に移動させた。
しかし、騎兵隊は接敵直前で反転。不思議に思っていると砦から兵が出撃しているではないか
……守備を薄くしたアッシュバトン方面に。
高レベルで揃《そろ》えられた精鋭たちは、難なく薄くなった包囲網を突破し、帝国本隊の背後に向かう。
場所を戻し本軍同士の決戦場。アッシュバトン軍は劣勢を強いられていた。両翼は奮戦している
が、中央はジリジリと後退を余儀なくされている……ように帝国の指揮官の目に映っていた。
そこに突如現れた砦の精兵、そして合流した騎兵たち、彼らはタリオン軍の背後を急襲する。合
わせてアッシュバトン本隊は両翼で左右に蓋《ふた》をする。
前と横には半円状に展開して、半包囲を敷いた本隊。背後には奇襲をしかけた精鋭と騎兵たち。
退路の一切を絶たれたタリオン帝国軍はパニック状態に陥る。

その後の趨勢《すうせい》は語るまでもないだろう。タリオン帝国が崩壊、分裂し、今に至るのは、この戦争
を原因とするところが大きい。
全《すべ》ての軍事教練書に書かれるべき完璧な包囲殲滅《せんめつ》戦は、アッシュバトン家の記録に残っているの
みであり、今の時代に知っている者は少ない。タリオン側の資料は帝国崩壊の混乱で紛失したのか、
そもそも記録を残せる人物が残らなかったのかもしれない。
この華々しき大勝利を知ってなお、歴代の辺境伯たちは「防衛戦に特化した我々は完全な勝利を

経験していない。今の領を維持するだけで限界だ」などと言ってのける。それは謙遜なのか、あれくらいの包囲殲滅戦法は自分にもできるという自信の表れなのか。

◆　◆　◆

辺境伯領、西端の砦。パトリック・アッシュバトンは、学園入学前に教わった先祖の偉業を思い出していた。

今の自分にあの見事な作戦を実行できるとは思わない。ただ、対処の難しい大軍が来たのなら、国境線沿いに高い土壁を出現させ、単身で敵司令官を討ちに行けば、比較的簡単に……と考えかけて頭《かぶり》を振った。

「俺もだいぶ、ユミエラに毒されてきたな」

「どうされました？」

パトリックの独り言に反応したのは、砦を担当する前線指揮官だった。四十を越えたばかりの彼の几帳面《きちょうめん》そうな所作は、アッシュバトンの軍人にしては珍しい。

まだまだ子供扱いされることの多いパトリックは、彼の畏《かしこ》まった対応に僅《わず》かばかりの居心地《いごこち》の悪さを覚えた。

「……俺は小さい頃《ころ》、どれだけの英傑がいようと戦況に大きな変化は無いと教わった」

「そう言われていますね、一般的には」

国と国との戦争として見た場合、どれだけ個人技に優れた一騎当千の強者《つわもの》がいたとしても、戦況を大幅に覆すことはないと言われている。一定の水準を超えた兵士を多く揃え、堅実な用兵をした方が勝つことは歴史が証明していた。

「一人が百人を斬り伏せても、万を超える軍勢の戦いに与える影響は少ない」

「パトリック様は千人くらい相手にできませんか？」

「できたとしても、千と一人目にやられる。疲労も溜《た》まれば、小さな傷も増える」

百人を斬り伏せた伝説のある某国の英傑も、部下が全滅し、敵軍を一人で足止め、百人を倒しつつも討ち死にしたと言われている。

砦の指揮官は、少し前まで子供だと思っていたパトリックが逞《たくま》しく成長したことを感慨深く思いながら言う。

「パトリック様でそれならば、言説はあながち間違っていませんね。ですが奇襲と撤退を繰り返せば、もう少し戦力差を覆せそうでもあります。敵の上層部のみを狙《ねら》うのも有効です」

「まあ、俺がやれそうな小細工はいいんだ。だがもしも、一瞬で千人を消滅させて、どれだけの怪《け》我《が》を負ってもすぐさま回復し、魔力が無尽蔵にある人間がいたならば……」

「いたならば……って、現にいるじゃないですか。私たちの間でも議論になってますよ、もし伯爵様を相手にすることになったらどうするか」

「……どうするんだ？」

パトリックは素直に気になった。尊敬するアッシュバトンのベテランは、ユミエラ相手にどんな戦法を取るのか。

問われた彼は、人の良さそうな笑みをパトリックに向ける。

「パトリック様を人質に取るのが一番だという結論になりました」

「ちなみに、その議論はどこで？」

「もしもの話で盛り上がるのは、お酒の席に決まってるではありませんか」

いい歳《とし》をした大人が集まり、領主の次男の婚約者を倒す方法でワイワイ盛り上がりながら、ああでもないこうでもないと言い合う姿を想像して、パトリックは顔をしかめる。

「そんな顔しないでください。酔った私たちでも思いつくくらいです、誰《だれ》でも人質を取ることは考える。お気をつけください、坊っちゃんは大丈夫にしても……失礼、つい昔の癖で」

あまりに自然な坊っちゃん呼びであったので、パトリックは何を謝られたのかを少し遅れて理解する。

男がパトリックを、辺境伯や兄と同じように扱い出したのは十八になって成人してからだ。彼なりの線引きがあるのだろうと、勝手に納得して会話を進める。

「忠告ありがとう。気をつけよう、彼女は人を見捨てられずに無理をするから」

「……あーあ、若様も坊っちゃんくらい素直ならなぁ」

昔の癖が出たままで男は嘆く。彼の言う若様とは、辺境伯家の跡継ぎであるギルバート・アッシュバトンのことだ。

「兄上は……まあ、昔からああいう人だったな。中央との折衝で活躍していると聞くし……」

「あの手腕は政治向きですね。中央から来た役人との交渉を、今ではほとんど任されています」

「その兄上の件だ」

「行方《ゆくえ》をくらましたと思ったら、こんなことを企《たくら》んでたとは。らしいと言えばらしいのですがね」

二人が見つめる先にあるのは一通の手紙だった。それはユミエラとパトリック宛てに、ギルバートから届けられた物だ。

届け人であるギルバートの部下ルーファスは、ドラゴンに乗り空を飛んだショックにより、部屋の隅で座り込んでいる。

「私は反対しましたからね……うぇ……また吐き気が……」

フラフラとした足取りで外に出ていく彼を引き止める者はいなかった。

慣れない頃は自分もああだったと思いつつ、パトリックは手紙をもう一度初めから読む。

レムレストの進軍に際し、ユミエラに負けた演技をさせる。

彼《か》の国のユミエラに対する恐怖心を軽減する。第一王子派を優勢にしてレムレストの政治を安定させる。などの作戦実施理由が書かれているが、本当のところは最後の一文に集約されている。

「首尾よく計画を実行できれば二人の結婚式への出席も考える……か」

「ギルバート様も祝福したいんですよ。若様って素直じゃありませんから。それで、ユミエラ様は上手《うま》いことできそうですか？　話を聞く限り、わざと負けられる御仁じゃありませんよね？」

「ユミエラには無理だろうな。それに、今は彼女も行方をくらましている」

月へと飛び立ったユミエラの行方を思案していると、部屋に若い兵士が飛び込んでくる。伝令役の彼に耳打ちされると、指揮官の男は真剣な表情に変わる。

「分かった。第二体制に移行、本部にも伝令を送れ……パトリック様、まずいことになりましたよ。レムレストの連中、予定より早く動いているみたいだ」

それから、砦の内部は慌ただしくなる。あちこちに指示を飛ばし忙しそうにする指揮官を気遣って、パトリックは大人しく窓際に待機していた。


近いうちに軍が来るであろうレムレストの方角を眺めていると、部屋の扉が乱暴に開けられる。また緊急の伝令だろうかと扉を見やればルーファスがいた。空中移動のダメージから回復した彼は、男を一人連れている。

「なぜ君が――」

その男は、この砦にいてはいけない人物。隣国レムレストの諜報員《ちょうほう》であるライナスであった。

「申し訳ありません。緊急時につき、用件を端的に述べさせていただきます」

パトリックの言葉を遮ってライナスが言う。ライナスと会話したのは前にユミエラがレムレスト軍を追い払ったときだけだが、彼が常識を弁《わきま》えた人間であることはパトリックも理解していた。

そんな彼がそこまで言うとは、どれだけの緊急事態なのだろうか。

「私はレムレストの王都に潜伏していたギルバート様との連絡役をしておりました。ユミエラ様に負けたふりをしていただく計画については――」

「こちらも理解している。続けてくれ」

「はい。我が国の軍が出陣を早めた理由が分かりましたので報告いたします！　レムレスト第一魔道具工廠《こうしょう》が、封印魔道具の再現に成功しました。バルシャイン王国の魔王を封印していたのと同様の性質を持つ物です！」

魔王を数百年にわたり封じ込めた魔道具。光魔法の使い手であったバルシャインの初代王妃が使用したことから、闇属性に対して効力を発揮することは想像に容易《たやす》い。

まさに対ユミエラ・ドルクネスの特効兵器。一番の脅威に効く武器を手に入れたとなれば、出陣を予定より早めたことにも納得がいく。

「本気でユミエラを討ち取りに来たか」

幾度も繰り返されたアッシュバトンとレムレストの小競り合いは、ユミエラの参戦で更に茶番と化すはずだった。しかし、封印魔道具の登場で前提が崩れた。ライナスも焦って当然だろう。

ユミエラが危険だ。

しかし、ピンチではあるが切迫した状況ではない。当のユミエラ本人がここにはいないのだから。

パトリックは危機感を募らせていたが、そこまで慌てることはなかった。ライナスを落ち着かせるため、穏やかな口調で続ける。

「大丈夫だ。ユミエラはここにいない。ユミエラがいなければ、封印魔道具も無用の長物だろう。いつものように通常の兵力で相手をすれば問題ない」

「……え？　ユミエラ様、レムレストにいましたよ？」

家出中の婚約者の行方が判明し、パトリックは頭の中が真っ白になった。

なぜユミエラがレムレストにいるのか。

あの目立つ髪色と奇抜な言動の彼女だ。こちらに来る前にレムレスト軍に見つかってしまうことも考えられる。軍もユミエラも、アッシュバトン方面を目指して進むだろう。彼らが相まみえる可能性は高い。

もし封印魔道具を使われてしまったら、ユミエラは無事でいられるのか。数百年封じ込められた魔王に比べて彼女は格段に強い。しかし、光属性に対する脆弱《ぜいじゃく》さに変わりはない。闇の魔力を多く内包している分、より強く影響を受ける可能性だってある。

悪い想像を巡らせてパトリックは悲観したが、気を持ち直した。状況は決して最悪ではない。

ユミエラがアッシュバトンに向かっているとは限らない。マイペースな彼女のことであるから、呑気《のんき》に観光を楽しんでいる可能性だってある。その間に魔道具を無効化してしまえば万事解決だ。

「……………………こちらに帰ってくる前に、魔道具だけでも片付けよう」

「もうこちらまで来ています！　ギルバート様と一緒に、こちらに到着する頃《ころ》かと……」

「最悪の状況だったな」

封印魔道具という秘密兵器を持ったレムレスト軍と、ユミエラとが鉢合わせする確率は非常に高い。

考えうる限り最悪の状況に、パトリックは慌てて走り出した。

七章　裏ボス、封印される

ささて、レムレスト軍の本陣に到着です。

兵士たちは数人で固まって、火を起こしたりと野営の準備を始めている。

明日からは本格的な軍事行動が始まる。どこか落ち着かないピリピリとした空気感だ。しかし、焚《た》き火《び》に掛けられた鍋《なべ》からは美味《おい》しそうな香りが漂っていて、リラックスした雰囲気も流れていた。

緊張と弛緩《しかん》が共存する中を、私はゆっくり堂々と歩く。

数人は誰だろうかと私を見るが、誰も話しかけてはこない。敵軍のど真ん中でのんびり歩く人物がいるとは、誰も思いはしない。あれって誰だろう?　と隣にいる仲間に尋ねているうちに、声をかけるには遠い所まで行ってしまう。

黒髪を露《あら》わにしたら、こうはいかなかっただろう。この近辺に現れる黒髪の女は間違いなくユミエラだ。気がつかないのは、どこぞのギルバート氏だけである。

軍勢の横側から、その後方まで侵入できてしまった。

歩く先にある円形の立派な天幕は、偉い人がいますよと大声で主張しているような代物だった。

豪華なテントの前、流石《さすが》に見張りの騎士が二人立っている。

静かに彼らを眠らせて、天幕に押し入れば、油断したレムレストの第一王子を……違う違う。敵将を暗殺しちゃ駄目だった。闇討ちは止《や》めて、誉れある戦いを……でもなかった。

私は今から、レムレスト軍に負けなければいけない。それも、上手く負けなければいけない。しかし、どうしよう。パトリック兄に大見得を切って出てきた手前、仕切り直しを申し出ることもできない。

棒読みで「やーらーれーたー」とか言ってから逃げ出しても、演技だとバレてしまっては失敗だ。あまりに迫真の演技をして、醜態を晒《さら》して逃げ惑ったユミエラの噂《うわさ》が広がるのも困る。ユミエラ容易しとレムレストを勢いづかせてしまう結果になるからだ。

理想はそうだな……今回は天運に恵まれて強敵ユミエラを退けることができたぞ！　流石にアッシュバトン軍との連戦は難しいので、故国に凱旋《がいせん》しよう。これで第一王子派も勢いづいて、跡継ぎ争いで有利だね！　……と、なるくらいのバランスが望ましい。

初めから戦意を見せずに撤退するのは論外。彼らにやり切った感を味わわせなければ駄目だ。

面倒な……辺境伯はいつもこんなことをしていたのか。ギルバートさんは、前線の砦《とりで》から兵を出して、小競り合いを挟んでから引かせるだけと言っていた。言うのは簡単だけれど、実行するとなると、困難極まることが想像できる。

味方の被害を出さず、敵が拍子抜けしない程度に戦ってみせる。いくら相手の目的が喧伝《けんでん》しやすい戦果とはいえ、無理が過ぎるぞ。

それにレムレストの方々、前回は私を見ただけで遁走《とんそう》したんだよね。両軍が睨《にら》み合う緊張した場面に突然出ていったのも大きいと思うけれど、あのとき私は何もしていない。

前はリュー君の可愛《かわい》さで、私の怖さが緩和できていたと思う。しかし今回、癒やされマスコットは不在だ。状況は一層厳しい。


あれこれ考えているうちに、一番立派な天幕に到着した。

素通りできたからなんとなくで来ちゃったけれど、陣の端っこで見つかった方が良かったかな？遠くから脅威がやって来るのと、気づいたら隣に脅威が出現するのとでは、向こうの王子様も心持ちが変わってくるはずだ。

ぼけーっとテントを眺めていると、見張りの騎士が近づいてくる。あー、立ち止まると不審さ倍増だよね。王子の護衛なら私が部外者であることはすぐ分かるだろうし。

帽子を脱ぐように言われて、ユミエラだと即バレして、レムレスト軍は大混乱に陥って……上手く負けられるビジョンが全く浮かんでこない。

最早《もはや》これまでか。ついに、近づいてきた騎士が私に話しかける。

「そんなところで、どうしたのかな？　ここはこれから戦場になる。君のような可憐《かれん》な乙女がいていい場所ではないよ」

「……ええ？」

警護担当の人にしてはフレンドリーすぎる。どういう意図だろう？

二人組の片割れである彼は、キラキラすぎる笑顔を振りまきながらウザったい前髪をかき上げる。

もう一方、天幕の前から動かなかった騎士を確認すれば、ウンザリした様子で厳《いか》つい顔を歪《ゆが》めていた。

「でも、不安に思うことはない。この僕……そう！　絶剣乱舞のエマニュエルがいるからねっ！」

「……どうも」

誰《だれ》だよ。二つ名みたいなの言われても分からねぇよ。

でも分かったこともある。この人、さてはポンコツだな。

こういうタイプの人は、場の恐怖指数を下げる効果がある。ホラー映画みたいなことになっても、最初に死ぬのはコイツだろうな、と周囲が思うことで心に余裕ができるのだ。

ではでは、彼を利用させてもらうことにしよう。まず手始めに、石鹸《せっけん》ナントカのエマ何とかさんに一騎打ちを申し込む。一番に犠牲になるのは彼だと周囲が思えば、集団パニックを抑制できるかも。

私は鈍い反応しか返せなかったが、彼は変わらぬ様子でハンサムっぽさ全開だ。いいぞ、そんなノリで私の一騎打ちに応じてくれ。自分の力を過信しすぎるタイプっぽいし、イケるでしょ。

「どうしたんだい？　そんな仏頂面じゃ、可憐な顔が台無しだよ？」

「一騎打ちを申し込みます。あと、この顔は元々です」

「い、一騎打ち⁉　それは……デートということだね！」

違います。

私は白い帽子を脱ぎ捨てて、空に放り投げる。服の中に隠していた後ろ髪も露わにした。変なクセが付いていそうな長い黒髪を手で梳《す》きながら、名乗りを上げる。

「申し遅れました。ドルクネス伯爵家当主、ユミエラ・ドルクネス。いざ尋常に……」

エマ何とかさんは間の抜けた顔で、宙を舞う帽子を目で追っていた。そして、私の頭部に視線を戻して、私の名を聞く。

彼の次の動作は速かった。謎の二つ名があるくらいあって、そこそこ強い人なのだろう。機敏な動きで、自分のお腹《なか》を押さえる。

「お腹が痛くなったから帰るね」

そこからも速い。回れ右した彼は一目散に走り出し、警護対象がいるはずの天幕の横を抜け、レムレストの方向へ。みるみる小さくなっていく。

「えー」

ホラー映画理論でいくと、抜け駆けして逃げ出そうとしたお調子者は死ぬ。でも私は追いかけたりしないから、普通に長生きするタイプなんだろうなあ。

一騎打ちは無くなったけれど、私の名乗りは無かったことにならない。

逃げた騎士の相方、厳つい顔をした彼は、私の言葉をバッチリ聞いていた。

「ユミエラ！　ユミエラだ！　バルシャインの魔王が司令部に急襲！」

発された警告は、波紋のように軍の中を伝播《でんぱ》していく。

上がる悲鳴。狼狽《うろた》えて立ち上がり、転倒する人。ひっくり返る鍋。

あーあ。ここまでパニックが広がると、収拾をつけるのは難しい。私がアクションを起こしても逆効果だろうし、どうしたものか……。

何もできずに棒立ちでいると、何者かの声が大音声で響き渡る。

「落ち着けい！　秘密兵器の存在を忘れおったか！」

ボリュームが大きすぎて耳がキーンとなった。

声の出どころは、目の前にある天幕。あまりの音圧に、天幕の布がブルブルと震えている。規格外な声量……間違いなく強者《つわもの》だ。あの中にいることから、レムレストの第一王子だろう。

王族のカリスマが為《な》せる業か、ただ大きな声にビックリしただけか、混乱していた軍勢は静まり返っていた。

天幕から、男が姿を現す。

高い身長に、服の上からでも分かる筋骨隆々の体格。髪が一本も無い頭は自ら剃《そ》り上げているのだろうか。レムレストの王子は三十歳くらいだったはずだが、貫禄《かんろく》がありすぎて五十過ぎに見える。

大男には一点だけ奇妙なところがあった。ガスマスクのような物を口に取り付けている。

「これが気になるか！　教えよう！　正式名称〝風－三四七号四型〟……通称、声が大きくナール君！　わしが開発した魔道具だ！」

再びの大音声に思わず耳を塞《ふさ》ぐ。

キャラの濃い人がいなくなったと思ったら、まーたアクの強い人が出てきた。もう必要ないだろうに、彼は拡声器のような魔道具を付けたままで言う。

「声が大きくナール君の効果が気になるようだな！　これは！　なんと！　装着者の声を風魔法で拡散する！　つまり、声が大きくなるのだ！　ふはははは！」

至近距離で大声を聞かされて、ちょっと気持ち悪くなってきた。

というか、何でわざわざ説明したの？　過剰なほど分かりやすい名前が付いてる意味がない。魔道具店のお婆《ばあ》さんみたいなネーミングセンスだ。こういうのが流行《はや》っているのだろうか。

王子らしき人に困惑していると、天幕からもう一人出てきた。その男性は大柄の彼とは正反対で、今にも折れてしまいそうなほど細い。肌も不健康に青白く、長らく引きこもっていたみたいだ。

研究者然とした彼は、耳を塞いだままか細い声を出す。

「博士《はかせ》、博士、ナール君はもう取ってください。うるさいです」

「なに⁉　聞こえんぞ⁉　もっと腹から声を出さんか！」

「それと、博士が開発したのは風－三四七号の一型じゃないですか。三型と四型は第二工廠《こうしょう》の発明です。使い道のない一型を、ここまで実用化できたのはすごいですよね」

「何だと⁉　原型があってこそだろうが！　ゼロから一を生み出すのが偉いのだ！」

「……聞こえてるじゃないですか。三四七号って、ダンジョン産の魔道具をコピーしようとしてできたんですよね？　模倣してるのは博士もですよ」

「ぬう………うるさい！」

「うるさいのは博士です。はーい、ナール君取り外しましょうね」

キャラの濃い騎士が逃げ出したと思ったら、キャラの濃いのが二人に増えた。

それに二人とも、どうやら王子様ではないようだ。博士と助手っぽいやり取りをしている。

すると、またしても天幕から男性が出てきた。身なりは整っているが地味で、影の薄い人だ。この人も助手さんかな？　心の中で助手その2と命名する。

しかし、ここにいるはずのレムレスト第一王子は何処《いずこ》へ？　まさか、この立派な天幕は陽動で、王子本人は目立たない場所にいるのか？

「すみません、第一王子はどこにいますか？」

「おい王子、呼ばれているぞ」

博士は助手その2に向けて、あっけらかんと言う。

え、その地味な人がレムレストの第一王子？　彼は小さな声を零《こぼ》す。

「言わないでほしかったな」

「何⁉　声が小さいぞ王子！」

王族にあんな口を利く博士も、本当に研究者か怪しくなってきた。

何でも言ってくれそうなので、彼らについても聞いておく。

「ではあなたたちは？」

「わしがレムレスト第一魔道具工廠長、レオナルドである！　こいつはわしの助手だ」

「ただの研究者です。博士のお守りを押し付けられてます」

この二人は見たままなのね。

拡声器を外しても声の大きい博士に、背中をバンバンと叩《たた》かれて助手さんは迷惑そうにしている。

変なのが出てきて辟易《へきえき》するが、パニックは収まっていた。彼らが出てこなかったら負ける演技も難しい状況だったはずだ。どうにか二人を利用して、上手《うま》いこと負けることができないかな。

博士は私を見据えて、堂々と言い放つ。

「次は我らが問う番だ！　貴君がドルクネス伯爵か！」

「そうです。ユミエラ・ドルクネスです」

「よろしい、対象確認！」

名乗り合いも済んだところで、期待の研究者コンビが動き出す。

「座標指定装置を準備しろ！」

「はい」

博士の声を聞いて、助手さんはすぐさま天幕に入っていく。

そういえば、博士は最初に「秘密兵器の存在を忘れたか」とか言ってたな。大声のせいで秘密でなくなってしまった秘密兵器とやらには準備がいるようだ。このタイミングで私が攻撃すれば完勝間違いなし。

でも私は大人しくして、彼らの様子を窺《うかが》っていた。秘密兵器を利用すれば、上手く負けられそうだ。

テントに入った助手さんはすぐに戻ってくる。彼は背の丈ほどの棒を四本、肩に担いでいた。細い棒だが重そうにしている。彼に力仕事は人選ミスな気がした。

彼は私に近づいてきて、すぐ近くの地面に棒を刺す。一本、二本、三本、四本、棒は私を取り囲むように地に突き刺される。

邪魔になってはいけないと思い、私は数歩下がった。

「動かないでください！　やり直したくないので、ここにいてください」

「あ、すいません」

なんか、助手さんに怒られた。

棒は正方形を描くように配置され、その中心には私がいる。

「もう少し左に移動してください」

「……こうですか？」

「ああっ！　行きすぎです！」

助手さんの指示に従い、私は正確な中央へと足を動かす。

どうやら秘密兵器は、四本の棒を使って対象の位置を指定しないといけないらしい。とんだ欠陥品だ。

装置の取り付けを、わざわざ動かずに待ってくれる人じゃなきゃ使えない。こんなのをまともに食らってしまうのは、わざと負けたがっているような人物だけだ。

本気でこれで勝つつもりなの？　私に目もくれずに忙しそうにしている研究者コンビは諦《あきら》めて、王子に視線を向ける。すると、気まずそうに目を逸《そ》らされた。

「博士、座標指定装置の取り付け完了しました」

「ご苦労！　では満を持して……スール君の登場だ！」

博士が取り出したのは手のひらに乗るほどの、白いキューブだった。その立方体は、わずかに光を放っているようだ。

「それは……何です？」

「光－九九七号一型、封印スール君。数百年前、バルシャイン王国の魔王と呼ばれた人物は、初代王妃によって封印された。その封印魔道具を再現したものこそが……これだ！」

この人、何でも答えてくれんじゃん。そうか、魔王を封印していた魔道具ね。見た感じ光属性が関わっていそうな物だから、私にも有効だろう。あの彼が数百年も出られなかったくらいだ。私も危ないかもしれない。

「確か、バルシャインの初代の王妃様って、光魔法を使えましたよね？　光属性の魔力は必要ないのですか？」

封印に関して、初代王妃の光魔法は関係なかったとは考えにくい。

光属性を扱える人はとても希少なので、簡単に用意できるはずがない。現存の人物に限れば、あのアリシア以外は知らない。彼女は王城かどこかに幽閉されている。

あの封印魔道具と聞いて危ないと思ったけれど、大丈夫そうかも。私が安心していると、博士は不敵に笑って言う。

「当然、光魔法の使い手は用意した。我が国の諜報部《ちょうほう》も中々にやるものだ」

「諜報？」

普通なら「我が国の魔法使い」とか「我が国の人材」とか、そういう所を誇りそうだけれど、諜報部？　スパイってことだよね？

スパイが光魔法の使い手を用意したということは——

「まさか!?」

「そのまさかだ！　出てきて良いぞ！」

アリシア・エンライト。乙女ゲームのヒロイン、裏ボスユミエラを唯一打倒しうる存在。まさか、レムレスト側にいるなんて……。

博士の合図を受けて、天幕から…………あれ？

「えっと……誰《だれ》もいませんよ？」

「うむ、来ないな！　助手よ！」

助手さんは再びテントに入っていった。

これ、アリシアいないんじゃない？　バルシャイン王国からいなくなって、私を倒すために敵国側につくなんて考えすぎだったかも。

程なく、騒がしい声と共に天幕から人が出てくる。

「嫌です！　聞いてないです！　王都から突然こんな遠くまで連れてこられて！　魔道具の実験じゃないんですか！」

「魔道具の実験です。対象がドルクネス伯爵であるというだけです」

「ムリムリ、無理です！　ユミエラさんには二度と刃向かわないって決めてるんです！　お腹《なか》が痛くなったから帰ります！」

助手さんがグイグイと引っ張っているのは、ピンクの髪をした少女。アリシア・エンライトであった。

アリシアいるんかい。

天幕の外に連れ出された彼女は、助手さんから私に視線を移す。私と完全に目が合ったアリシアは明らかに怯《おび》えていた。

「お久しぶりです」

「……………ユミエラさん！　無事だったんですね！　悪いレムレスト王国はユミエラさんを封印しようと企《たくら》んでいます！　わたしは彼らの計画を潰《つぶ》すため、敵の内部に潜入していたのです！　さあ！　一緒に悪逆非道のレムレストを倒しましょう！」

すごい喋《しゃべ》る。アリシアってこういうキャラだっけ？　どういう人だったかあまり覚えていないけれど、こういうキャラではなかったような？

怪訝《けげん》に思ってじっと見つめると、彼女はまだまだ喋りだす。

「いやあ、大変だったんですよ。突然、レムレストの人に誘拐されて。わたしも抵抗はしたんですけれど、ユミエラさんみたいに強くないので攫《さら》われちゃって！　もー困っちゃいますよね！　でもユミエラさんが来てくれたから安心！　わたしはもう必要ないですよね。一人でレムレストをやっつけちゃいますよね！　ユミエラさんはお強いですから！　えへへっ！」

アリシアに引きつった笑顔を向けられる。

……見ていて痛々しい。絶対にこういう人じゃなかった。そうか、幽閉されるとここまで人間が変わってしまうのか。

「潜入したのか、誘拐されたのか……どちらなんですか？」

「えっと、その、どうしよう…………あっ、誘拐されたのは本当で！　その後に寝返ったフリをして情報収集に専念していて……本当ですよ！　信じてください！」

誘拐も潜入も嘘《うそ》のようだ。私も嘘をつくのが苦手だけど、傍《はた》から見るとこんな感じでバレバレなのだろうか。

私の予想を補強するように、博士《はかせ》が空気を読まずに言う。

「む？　別な大陸に向かう船に乗って、宿敵からオサラバするのではなかったのか？」

「…………騙《だま》されちゃ駄目です！　卑劣な敵の策略です！」

分かってきた。魔道具の実験に付き合ったら大陸の外に逃がしてあげるよと言われて、アリシアは隣国のスパイにホイホイと付いていってしまったのだ。私の相手をさせられるとは思わず、今に至ると。

レムレストが光魔法を欲しがる理由なんて、ユミエラ対策以外に無いだろうに。どうして魔道具の実験を真に受けちゃうかな。

もう滅茶苦茶《めちゃくちゃ》だ。もう負ける演技とかしてる場合じゃない。

幸いにもアリシアに戦う気は無いようだし、魔道具を破壊すればいいかな。

行動を開始する。博士が手に持つ装置を奪い取ろうと、地面を蹴《け》った。

すぐに前頭部へ衝撃が走る。

「いったあ……」

この感覚は前にも味わった。公爵が持ち出したりした、教会の結界魔道具に激突したときと同じ痛みだ。

慌てて周囲に手を伸ばして確認すれば、四本の支柱に沿って真四角の結界が発生していた。

魔道具の本体が駄目なら、補助装置を壊してしまおう。

取り囲む支柱を引き抜こうと、私はその一本を握り——

「あっつい！」

杭《くい》に触れた瞬間、手に耐えられない痛みが走り、思わず放してしまう。

「やはり光属性が弱点か」

痛みに呻《うめ》く中、博士の納得した声が耳に入った。

まだアリシアは何もしていないのに、ここまでの効力を発揮するとは。アリシアは脅威じゃないが、封印魔道具は脅威だ。

でも光魔法の使い手でなければ完全な封印をすることはできない。

アリシアが敵対しなければ、私が封印されることも——

「あははは！　やっぱり光属性には弱いんですね！　焦って損をしました」

「アリシアさん？」

「誘拐も潜入も嘘ですよ！　あなたの相手をさせられるとは聞いていませんでしたが、わたしの自由のためです。封印させてもらいますよ！」

敵側についたアリシアは、私を見てすぐさま寝返り、光属性に弱い私を見てまた寝返った。手のひらドリルってこういうののことを言うのか。

アリシアは博士から魔道具本体を受け取り、上機嫌に笑って見せた。

「さよならユミエラさん。もう会うことは無いでしょう。そんなに嫌いでは……いや、普通に嫌いでした。では、封印スール君！　やっちゃって！」


キューブは燦然《さんぜん》と光り輝き、アリシアの手から浮き上がる。

杭に導かれ、キューブは私を取り囲むよう螺旋《らせん》状に移動する。


壮絶な痛みを覚悟したが、それらは全く無かった。光属性の魔力に包まれているのに、心地よい眠りに誘われるような――

上に飛ぶ、地面を掘って下に逃げる。ブラックホールで杭を消す。幾らでも次の策は考えられる。それらを実行して、脱出しなければいけないのに、心地よさから逃れられない。このまま溶けるように眠りに落ちてしまいたい。

段々と薄れる意識の中、聞こえたのはパトリックの声だった。

「――ユミエラっ！」

家出なんかしてごめん。結婚式をしたくないってワガママ言ってごめん。

こんな所にパトリックがいるはずないのにね。きっと、幻聴だ――

◆　◆　◆

ふと気がつくと、私は元の場所に立っていた。

目の前に博士と助手、そしてアリシアがいる。時間はそれほど経《た》っていないようだ。

「あれ？」

「脱出まで十九秒！　レポートに記録しておけ！　十九秒だぞ！」

「もう書いてます」

十九秒って言った？　魔王を封印したのと同系統の魔道具を使って、たったの十九秒？　劣化コピーすぎませんか？

体を軽く動かすが、不調などは全く感じられなかった。

自力で脱出できちゃったか。パトリックが助けに来る流れじゃないんかい。

敵さんの秘密兵器も不発に終わったし、このままレムレスト軍を撃滅して……違う違う。負けたフリをしないといけないんだった。

目的を思い出した瞬間、私に天啓が舞い降りた。この状況……利用できるな。

封印魔道具を即無効化したユミエラであったが、脱出に力を使いすぎ弱体化、撤退を余儀なくされた……。

完璧《かんぺき》な筋書きができ上がってしまった。私の撤退理由も明白だし、負け具合も丁度よい。

私が行動を起こそうとすると、アリシアが膝《ひざ》をガクガクと震わせながら言う。

「いや、あの、流石《さすが》ユミエラさんですよね。あ、すごい肌がキレイ！　何か特別なお手入れとかしてるんですか？　ああっ、わたしなんかに教える必要ないですよね！　えへへへっ！」

何度目かも分からない寝返りをした彼女は、涙目だった。アリシアは放っておこう。どう対応すれば良いか分からないし。

アリシアは兎《と》も角《かく》、負ける作戦だ。

そもそもライナスさんが第一王子派に肩入れする理由は、第二王子派が研究者を軽視しているからだ。ユミエラを弱体化させる魔道具を開発したとなれば、目の前の研究者コンビも一目置かれるだろう。

相変わらず絶好調だけど、弱った演技をしましょうか。「うわー、体力が底をついたから逃げるしかないよー」なんて言っても信用されない。あくまで弱体化に気づくのは向こうが望ましい。

目眩《めまい》を起こしたかのように、少々大げさによろけてみせる。どうだ？　博士たちの様子を盗み見た。

「予想よりだいぶ早いですね。長期間の封印は、再現不可能な領域なのでしょうか？」

「わしの発明はダンジョンの叡智《えいち》に匹敵する。使い手の力不足か、封印対象が強すぎたのが原因だ！」

全くこっちを見ていなかった。あの、封印されてもすぐに出てきちゃったユミエラさんですよ？

仕返しが怖いなとか思いません？　ペタンと座り込んで泣いているアリシアさんを少しは見習ってほしい。

助手さんの目がこちらに向く。怖がっている様子は一切見られず、どちらかと言えば無機質な、実験用のモルモットを見るかのような視線だった。彼は手元の紙にペンを高速で走らせながら言う。

「ドルクネス伯爵、封印されていた十九秒間の感想をお聞かせください」

「……ほんの一瞬に感じました。体感で一秒も経っていません」

感想聞いちゃうの？

あ、でも弱体化を匂わせられるかも。私は続けて言う。

「封印魔道具も大したことありませんでしたね。封印が解かれた後も体に不調はありません」

調子が悪くなったと馬鹿正直に言ったところで疑われてしまうだろう。だからここは、無理をして大丈夫なふりをしている感じを演出した。聞かれてもいない解除後について、わざわざ言及するところがポイント高い。

どうだ？　助手さん、私が弱体化していると気づいてくれ……。いや、絶好調なんだけど。

「いや、解除後は聞いてないです。人間の主観は当てになりませんので」

「測定装置を持ち込めないのが痛いな！　せめて、人間の魔力量を観測できる装置があれば！」

「あれは大きいですからね。希少品ですので、持ち出しの許可も取れないでしょうし」

研究者二人組は私をよそに会話を進める。私の弱体化に気づく素振りすら見せない。いや、ホントは絶好調なんだけど。

この人たち、魔道具にしか興味ないんだろうな。あからさまなくらいが丁度いいのかも。

「魔力が削られたのはそういうことですか。……とは言っても、ほんの少しです。戦闘に問題ない範囲ですね」

どうだ⁉　精一杯に強がっている雰囲気が出てない？　ユミエラ・ドルクネス、弱体化してます。絶好調だけど。

すると、助手さんが小馬鹿にしたような顔をして言う。

「それはあなたの主観ですよね？　何か、客観性のあるデータがあるんですか？」

私、この人、きらい。

確かに私の主観だけでは勘違いなどの可能性もある。実際に嘘《うそ》だ。魔力は全く減っていないし、減った感覚も無い。人を突き放すこの姿勢が、研究者としてどこまでも正しいと、その身をもって証明している。

「試験場でないと有意義な実験はできませんね」

「うむ、帰るぞ！」

「荷物は用意してあります。予備の座標指定装置は――」

「置いていく！」

博士《はかせ》は大きく膨れ上がった背嚢《はいのう》を軽く背負い、豪快に走り出す。助手は身軽であったが、博士に追いつけずに息を切らしながら必死に付いて行く。

あまりに手際の良い撤収に、私だけでなくレムレストの兵士たちもポカーンと見つめることしかできなかった。

彼らの影が小さくなっていく。あーあ、行っちゃった。

まあ、いいか。彼らに弱体化を匂わせるのは無理そうだったし。

封印から僅《わず》かな時間で脱出した私を見て「もしかしたら脱出で力を使い果たしているかもしれない」と自分に都合の良い希望的観測をするような人が必要だ。

そんな都合の良い人が、丁度良く居合わせるはず――

「もしかして、ユミエラさんは封印の影響で弱くなってる？」

「あ」

いた。アリシア・エンライトさんです。

「博士たちを追わなかったのも、弱体化してるから？　じゃあわたしも逃げられる？　いや、もしかして今なら勝てるかも？」

彼女は自分の胸中を小声で呟《つぶや》く。

なんて都合のいい子なんだ。アリシアちゃん大好き。

あの研究者コンビはいなくなって良かったよ。もしいたら、弱体化なぞあり得ないと即座に否定されていた。

あ、でも彼らならレベル測定の魔道具について詳しかったかも。

現状の水晶はレベルを下二桁《ふたけた》までしか表示できず、私の正確なレベルが不明な状況になっている。彼らなら三桁四桁、もしくはそれ以上のレベルに対応した魔道具について、何か知っているかもしれない。聞けなかったのが心残りだ。

……ああ、そうだ。レベル測定。

日課であるレベル測定を忘れていた。早朝からギルバートさんと移動していたので頭からすっぽり抜け落ちていた。

下二桁しか分からないけれど、ちゃんと1ずつ上がっていく数字を見るのは楽しいものだ。魔物を倒していないから昨日《きのう》や一昨日《おととい》とレベルは変わらないだろう。でもやる。日課だから。

私は例の水晶を取り出す。するとアリシアが騒ぎ出したが無視。

「うわぁ！　何か取り出す!?　わたしはもう死ぬんだあ！」

私はしゃがみ込み、水晶を地面に設置する。そして上に手を置いて、向こう側に表示された数字を覗《のぞ》き込んだ。

図らずも、正面にいるアリシアにレベルを見せびらかす形になった。腰を抜かしたままの彼女は、特によく見えたであろう。

もちろんレベルは変わらずに13だ。あくまで下二桁、百と13かもしれないし、千と13かもしれない。

「13……？」

アリシアがスッと立ち上がる。恐怖に歪《ゆが》んでいた顔は、自信と希望に満《み》ち溢《あふ》れていた。

「13！　あのユミエラさんがレベル13！　勝てる、わたしでも勝てますよ！」

いやいや、私はレベル99の上限を突破していて……そうか、普通はただのレベル13だと思うのか。

これ以上無いほどに弱体化しているように見える。

まさか、この水晶が役に立つとは。持ち歩くのはおかしいと言ったパトリックやギルバートさんは先見の明が無いですね。

今こそ畳み掛けるとき！　私はわざとらしさ全開で言う。

「ああ、なんてこと。封印の影響でレベルが下がってしまった！　ここは撤退して鍛え直すしかないじゃない」

本当に研究者コンビがいなくて良かった。封印でレベルは下がらないと論理的に説明される危機だったね。というかレベルって下がることあるの？　あるなら、その原因を根絶やしにしておきたい。

さて、もう作戦は完了したも同然だ。私が尻尾《しっぽ》を巻いて逃げれば、レムレストはユミエラを弱体化して撃退したという戦果を得られる。無理にアッシュバトンに侵攻したりはしないだろう。

あまり素早く逃げても弱くなったと見られないかも。ちょっと緩慢な動きで退場しようかな。

撤退方法を考えていると、アリシアは私に近づきながら、捲《まく》し立《た》てるように言う。

「わたしが、どれだけユミエラさんのせいで大変な思いをしたか！　自由な時間が全く無い生活の辛《つら》さが分かりますか！」

まあ、好きに言わせておこう。処刑になるところを幽閉するように提案したのは私だ。

私が沈黙で返すと、彼女は更に続ける。

「あのユミエラさんがレベル13！　哀れですね！　唯一の取り柄を失った気分はどうですか？　レベルもわたしが上！　属性もわたしが有利！　勝敗は決まりきってますね！」

自分のレベルが13ではないと、私はちゃんと理解している。

こんな程度の低い煽《あお》りで、冷静さを欠いたりはしないのだ。

「惨めですね！　レベル13って……ぷぷぷ、一年生以下ですね！」

我慢だ。ここは抑えろ私。

私は強いので、こんな弱そうなヤツを真面目《まじめ》に相手したりはしないのだ。アリシアが強い言葉を使うほど、どんどん彼女自身の弱さが露呈している。

私は強い。私は強い。私は強い。わたたたたたっつよよよおよよよ――

「弱いです！　本当に弱すぎます！　雑魚《ざこ》ですね！　ざーこざーこ！」

「ぐぎがぎがががが」

幕間四　パトリックその3

パトリックは砦《とりで》から一人飛び出して駆ける。

「ユミエラ……無事でいてくれ……」

ライナスより入った封印魔道具の情報を聞き、想像よりも危険な状況であると判明した。

もしもレムレストの秘密兵器である封印魔道具が、魔王に対する物と同じ効力を発揮したならば……。ユミエラは数百年もの間、封印されてしまう。彼女自身は長い眠りに就くような感覚かもしれないが、その睡眠はあまりにも長すぎる。

パトリックは寿命を迎えるまでユミエラに会えないし、ユミエラが目覚めれば彼女の知る人物は誰一人としていない世界が待ち受けている。

残酷な未来予想を置き去りにするように、パトリックは駆ける。

そのまま地面に倒れてしまいそうなほど前傾姿勢を取り、一歩ごとに大地を削り取りながら移動する。

そして小高い丘を越えると、レムレスト軍の陣が見えた。全体を見渡すことができる。

目を走らせて……見つけた。軍の後方、大きな天幕の前、パトリックが彼女を見つけたとき……

ユミエラは今まさに封印された瞬間であった。

「ユミエラ！」

届かないと分かりつつも、思わず叫ぶ。

四本の支柱に囲まれた彼女は、抵抗する様子もなく光の中に消えていく。

すぐに光が消え、謎の支柱も消え、そしてユミエラも消えていた。代わりに現れたのは大きな白い箱。人が入れるほどの大きさがある立方体は、宙に浮き、ゆっくりと横回転している。

「……間に合わなかった」

パトリックは愕然《がくぜん》と頭を下げ、地べたを見下ろす。

彼女が死んでしまったわけではない。魔王と同じように、いつかは復活する。魔王のように数百年か、数年か、はたまた数日か。外部から干渉して、封印を解除することも可能かもしれない。

ユミエラが出てくるまで待とう。いつもの無表情を少しほころばせながら「ただいま、月には行けなかったよ」と出てくるまで……。

数日会っていないだけなのに恋しくてしょうがない彼女の顔を思い浮かべつつ、パトリックは顔を上げた。

「……ん？」

彼が視線を下げていたのは数秒だ。その僅かな時間に変化が起きていた。

純白であったはずのキューブに黒いまだら模様ができている。黒のまだらは、白い箇所を侵食するかのように範囲を広げていった。

数秒で白黒半分ずつの縞模様《しまもよう》ができ上がり、数秒でほとんど黒い箱になってしまった。

最後は真っ黒、彼女と同じ髪色になった瞬間、キューブがサラサラと崩れ去る。

箱が塵《ちり》も残らず消えた跡には、ユミエラが封印前と変わらぬ様子で立っていた。

「…………あ」

永遠に会えないことすら憂慮していたパトリックはがっくりと肩を落とす。

「俺の心配を返してくれ」

無事を確認してしまえば、これは当然の結末のように思えた。ユミエラは昔から、彼の心配を無駄にし続けてきた実績がある。

しかし、一時的でも封印されたのは事実だ。

「……良かったと言うべきだな」

彼女が無事で良かったという感情と、無駄に心配して損したという感情、二つがパトリックの中でせめぎ合う。

癖になってしまったため息をついて、パトリックは彼女の元へ向かおうと足を動かした。

「待て、行くなパトリック」

「兄上!?」

後ろから声をかけてパトリックを止めたのはギルバートであった。好青年な弟に比べて神経質そうな顔をしている兄は、険しい顔でレムレスト軍を見つめている。

危険視していた封印魔道具は無くなった。急ぐ意味も薄いだろうと、パトリックは兄の言葉に従い足を止めた。

「レムレストに行っていたそうですね。そこでユミエラと行動していたとか」

「ライナスに聞いたのか？」

「封印魔道具についても彼から聞きました」

「ああ、あれは封印だったのか。レムレストの連中が進軍を早めたのにも納得だ」

「知らずにユミエラを向かわせたのですか⁉　奴《やつ》らが予定を前倒しした理由も分からずに？　兄上なら、何かがあると理解していたはずです」

「理由はあるだろうと思っていたが……いいじゃないか。アレくらいでお前の婚約者がどうにかなるはずがない」

「……まあ」

婚約者を危険な場所に向かわせた兄に抗議するが、確かにユミエラをどうにかできる物をレムレストが用意できるとは考えづらい。パトリックの中で拮抗《きっこう》していた二つの感情、片方が優勢になる。心配して損した。

ユミエラを案じる弟を見て、ギルバートは不機嫌そうな顔をする。

「封印はあの女にとって有利に働く。僕の課題も、これでは簡単すぎる」

「課題……負けた演技をするという？」

「あの女の脅威論はレムレストを席巻している。現地の空気を感じて確信した」

「兄上、ユミエラをあの女呼ばわりするのは……」

「あの女で何が悪い。パトリックは、僕よりあの女が大事だとでも言うのか」

兄と恋人、どちらも大事で比べるようなものではない。そう言っても納得はしないだろうと、パトリックは経験則から悟っていた。

前々から自分の兄は変わった人だと感じていたが、まさかここまでとは。同種の面倒な質問をしてくる人物がもう一人、パトリックの脳裏に浮かんだ。

ギルバートに対しユミエラに似ているなどと言えば余計に面倒になるのは目に見えているので、もちろん口には出さなかった。


兄弟が会話している間にも事態は変化する。白衣の二人組はいなくなり、ユミエラは少女と向かい合っていた。

それを指差してギルバートが言う。

「後ろに立っている影の薄いのがレムレストの第一王子だ。あの女は……誰だ？」

「あれは……アリシア・エンライト!?」

小柄な少女の存在にパトリックはそこで初めて気がついた。

封印魔道具が使えたことに、いま改めて納得する。

「アリシア？　光魔法のアイツか？　あれくらいの浅慮な手合いであれば、あの女でも騙《だま》すことは容易《たやす》いだろう」

「ユミエラの名を呼ぶ気はないのですか？　……まあ、封印の影響で魔力を消費した、くらいの理由はユミエラもすぐに思いつくでしょう。何度も手紙に書いたように彼女、頭は回ります」

「そうだな。僕もしばらく騙されていた。ドルクネス伯爵は猫を被《かぶ》るのが上手《うま》いらしい」

ギルバートはレムレスト軍の陣を俯瞰《ふかん》しつつ目を細めた。

ユミエラとギルバートが初めて会うとき、パトリックは絶対に同席しようと考えていた。誤解されやすい両名が、二人きりで対話を図るなんて冗談では済まない。

だが、二人は会ってしまった。遠く離れたレムレストの王都で。

第一印象が最悪であろう彼らは、どんなやり取りをしたのか。ギルバートが騙されていたと語ったことから、コミュニケーションは失敗したものと思われる。

パトリックは恐る恐る口を開いた。

「騙された……というのは？」

「彼女は自分の正体を隠していた。騙されたとは言ったが……異国にいることを考えれば賢明な判断だ」

「なるほど。しかし、すぐに分かったでしょう？」

「猫を被るのが上手いと言っただろう？　分かったのは先ほどだ。エレノーラという偽名を使っていた。……いま思えば、公爵家の娘の名前か」

月へと飛び立ったユミエラが隣国に墜落したと仮定すると、丸一日以上の時間、彼らは行動を共にしたことになる。それだけの時間があって、ユミエラの正体が判明したのが先ほど。

ユミエラは礼儀正しく振る舞うこともできる。そして、礼儀正しくおかしな言動をする。いくら彼女が名を偽り、己の特徴を隠したところで、多少の会話をすれば常軌を逸した人物であることは分かるはずだ。

　頭が切れると尊敬していた兄がユミエラ並みに鈍感だったと、パトリックは認めることができなかった。

「互いに偽名を名乗って、互いに赤の他人だと思いこんでいたのですか……」

「いや、僕は偽名を使っていない。考えてもみろ、ギルバートという名前を聞いて辺境伯の跡取りを思い出す人間が何人いる？　該当する人物はどうせ僕の顔も知っている」

「ユミエラはギルバートという名前を聞いても、兄上だと分からなかったと？」

「分かっていない様子だったが……まさか、僕の正体を理解した上で泳がせていたとでも――」

「いいえ、それは無いです。そういった腹芸はできません」

　ユミエラはユミエラで鈍すぎた。名前が分かってもギルバートがギルバートだと分からなかったユミエラの方が鈍感だ。自分の兄はそこまでポンコツじゃない、パトリックはそう自分に言い聞かせる。

　ギルバートは弟からの信頼が崩壊しかけているとも知らず、遠くにいるユミエラとアリシアを眺めて言う。

「あの女とは幾らか会話をした。彼女の正体が分かっていれば、あのような平静な対話はできなかったと思う。思い込みや先入観を抜きにして話してみて……その、なんだ……変わっているところもあるが……あー……ユミエラは、いい子だったな」

「……兄上！」

ギルバートが初めてユミエラの名を口にしたと気がつき、パトリックは兄の顔を見る。もともと神経質に見える顔を更に不機嫌そうに歪《ゆが》めていたが、小さい頃《ころ》から兄の姿を追っていたパトリックは、兄の照れ隠しであることが分かった。

一時はどうなるかと思ったが、結婚を認めてもらえそうだ。パトリックはホッと胸を撫《な》で下《お》ろす。

「お前たちの結婚を認めたわけじゃないからな！　あの女が課題を達成できなければ、僕は最後まで反対するし、意地でも結婚式には出ない」

「もしもユミエラが上手く負けられたら？」

「そのときは……まあ……パトリックとユミエラの結婚を祝福するしか……パトリック、なぜ笑う？」

「いえ、兄上らしいなと」

「そうだ。思ったんだが、兄上というのは堅苦しいから昔のように、にーさまと――」

捻《ひね》くれ者の兄と、素直な弟の会話は、そこで打ち切られた。

初めに感じたのは膨大な魔力の奔流。その発生源はレムレスト軍のいる方向だ。

二人が見た先にはソレがいた。パトリックはすぐにソレが誰か分かったが、ギルバートは分かるまでにしばしの刻《とき》を要した。思わず呟《つぶや》く。

「……なんだアレは？」

八章　裏ボス、降臨、世界終焉《しゅうえん》

ソレは浮いていた。少しずつ高度を増していく。

ソレは背に翼を背負っていた。本来であれば流動的で、形も色も持たない魔力が固形化するという非常に珍しい現象。

六対、計十二枚の黒い翼は、グニャリグニャリと絶え間なく形を変えつつ大きくなっていく。遠くからなら、翼を目視できても中央にいるヒトガタのソレは見えないほどだ。

ソレは頭に輪を冠していた。またしても黒い円環は、幾重にもなり、土星の輪のように広がっている。

天使と呼ぶにはあまりに邪悪で、悪魔と呼ぶにはあまりに神々しくて、神と呼ぶにはあまりに冒《ぼう》涜《とく》的であった。

ソレの周囲にはレムレストの軍勢が控えていた。ソレが翼を伸ばし円環を広げているのを、ただ見ていた。

誰《だれ》も逃げない。どこに逃げても無駄だと、どれだけ理解力が低くとも否応《いやおう》無しに分かってしまうから。

誰も悲鳴を上げない。肺から空気を吐き出し声帯を震わせる行為に、一片の価値も無いから。

誰も会話をしない。皆の思いは同じであり、わざわざ喋《しゃべ》って共感を得る必要はゼロだから。

誰も遺書を書かない。遺言を残す相手すら消えてしまうのだから。

誰も戦わない。理由は記すまでもない。

絶望よりは諦観《ていかん》が相応《ふさわ》しいだろう。何をしても無駄、この現象を受け入れるしかない。

しん――と静まり返ったソレの周囲。レムレストの兵たちが眺めるソレは、今も刻一刻と大きくなっていく。

黒翼は上へ上へ、円環は全方位へ水平方向に、ひたすらに巨大化を続ける。十二の翼はある高度まで到達すると、惑星を包み込むように動きを変えた。黒い輪は世界中の空を覆い包むように広がっていく……。

黒い翼と円環は、全世界で観測できた。世界中に動揺が広がっている。勘の良い者や感受性の高い者は、謎の現象を見てソレの存在まで想像してしまい、絶望の深淵《しんえん》に引きずり込まれた。

◆ ◆ ◆

王都バルシャイン。

曇り空が幸いして翼は見えない。しかし、雲の下に薄く広がる円環は目視できた。

空に浮かぶ縞模様《しまもよう》を見た住民たちが不安を募らせる中、王城は事態の把握に追われていた。

各部署から上げられた第一報は国王まで届いていた。王国が抱える天候の専門家は、記録の限りでは初めての現象だと言う。改めて記録の精査を始めてはいるが、参考資料の発見は望み薄との見解であった。

そこで、国王の元に呼び寄せられたのは宮廷魔導師長だ。老体に鞭《むち》を打って大急ぎでやって来た彼は、息を整えながら見解を口にする。

「西から東へ、魔力の大きな流れが、空全体を覆っているのでしょうな。あれの原因は西方にあるはずじゃ」

国王は執務室の窓から外に目を向ける。確かに空の縞模様は東西を区切るように浮かび上がっていた。

「なるほど、魔力の流れか。王都の外から報告があってな、雲の上に巨大な物体が見えたらしい。黒い、葉や羽のような見た目だ。それも魔法関連の代物だろうか」

「見ておりませんので確かなことは言えませぬが、恐らくは」

「黒い魔力……どうしてもあの子を思い出してしまうな」

「ありえませぬ。規模からして国の域を超えた現象、いくら彼女が規格外でもここまでのことはできないでしょう」

老齢の魔法使いは、この現象の源が人智を超えた代物であると考えていた。人類にはどうすることもできないと。

この現象の源については見当もつかない。それこそ神が降臨したか、それとも世界終焉の序章であるか。

そのとき、執務室に新たな人物が現れる。治安維持を担当する騎士団の者であった。

国王と宮廷魔導師長の会話は一時中断となり、王は混乱に乗じた犯罪を警戒するようにと指示を飛ばす。

手持《ても》ち無沙汰《ぶさた》になった宮廷魔導師長は、空の不気味な紋様を見て、ぶるりと震えた。

◆ ◆ ◆

遠く離れた別の大陸。時差により夜間である地にて、異変を察知したのは盲目の剣豪であった。

二十四時間が暗闇《くらやみ》の世界で生き続けた彼は、さらなる闇を感じ取る。

「そうか……終わるのか」

「お師匠様？　どうかされましたか？」

「いいや、何でもない。お前はもう寝なさい」

「はいっ！　明日の稽古《けいこ》に備えて休みます！　お休みなさい」

優れた聴覚にて弟子の心音が遠ざかっていくのを聞きながら、盲目の剣士は明日の稽古内容を考える。

「明日が来れば……な」

◆　◆　◆

とある街。教会の尖塔《せんとう》。

世界の終局を見ながら、闇の神が光の神に文句を言う。

「だーかーらー！　ボクは早めに殺すべきって言ったじゃないか！　何度も何度も！」

「神は人を見守るものです。人を殺すなんてあってはいけない。ワタシは何度でも何度でも言いますよ」

「この惨状を見て、アレを人間と言える神経を疑うよね」

「人ですよ。彼女はワタシの愛する人間です。人の諍《いさか》いは人が解決するものでしょう？」

話にならないとレムンはため息をついた。既に事態は神が介入できる域を超えてしまった。

足掻《あが》きは無意味で、傍観する以外の選択肢は無かった。あとはサノンの言うように、人間に期待するくらいか。

「頼んだよ、お兄さん」

「こういうときくらい、名前を呼んだらいかがですか？」

「サノンは黙ってて！　というか、キミこそ、こういうときくらい信条を曲げる気は無いの？」

「レムンは黙ってなさい」

◆　◆　◆

そして、領主不在のドルクネス領。

晴れ渡る空が災いし、そこでは全《すべ》てを見ることができた。

事態把握のため慌ただしく人が動く領主の屋敷、恐慌が伝播《でんぱ》する街並み。その中で一人だけ、普段と変わらぬ平静を保つ者がいた。

「まーたユミエラさんが、すごいことになってますわね」

「エレノーラ様！　こんな所にいらしたのですね。早く安全な場所に――」

ぼけーっと空を見上げるエレノーラに、メイドの一人が声をかける。

逃げろと言われた彼女であったが、その場から動かずに窓の外を眺めたままだ。

「これ、安全な場所ってどこですの？」

「……確かに」

エレノーラに核心を突かれてメイドは固まった。

「これをやってるのはどう考えてもユミエラさんですし、あまり怖がらない方がいいですわ」

「やっぱり、ユミエラ様ですよね？　世界が滅ぶんじゃないかと思ってしまって……。ユミエラ様を信じないといけませんね」

いや、滅ぶ。このままでは世界は普通に無くなってしまう。正直にそう言いかけたエレノーラだが、不安を煽《あお》っても仕方ないと黙っていた。

エレノーラはユミエラを信頼している。自分の強さを証明するために、世界の一つや二つ簡単に破壊してしまうと信じている。

だがエレノーラは焦らない。彼女は、ユミエラと同じくらいに信頼している人物を思い浮かべた。

「パトリック様が止められたら良いけれど……わたくしが考えても仕方ありませんわね」

◆　◆　◆

場所は戻り、ソレの程近く。

レムレストの兵士たちはソレを直視している。空を見上げて不安の募らせる世界の人々を、彼らは幸せ者だと思うだろう。

音が一つも聞こえない世界終焉の中心地。

パトリック・アッシュバトンは、ソレの名を呼ぶ。

「ユミエラ！」

彼の呼びかけに、ソレは反応しなかった。

「ユミエラ、聞こえるか！　俺だ！　パトリックだ！」

レムレスト兵の隙間《すきま》を縫うように、パトリックはひた走る。

名を聞いて彼が辺境伯家の人間だと分かった兵もいたが、特に反応することはない。空に広がる

ソレに比べれば、敵軍の人物であることは些事《さじ》でしかない。無駄な労力をかける人間もいるものだと憐《あわ》れみの視線すら向ける始末であった。

呼びかけに応じないソレに業を煮やして、パトリックは地面から翔《と》び立った。

風魔法を駆使して、宙に浮かぶソレに接近する。

「何があった⁉　そんなに嫌なら結婚式はやらなくていいし――」

パトリックがソレのいる高度の半分ほどに到達したとき、泥が降り注いだ。空を埋め尽くす、泥、泥、泥。

漆黒の泥は、少しでも触れては駄目だと直感させられるものだった。

回避で精一杯。彼は身を捻《ひね》って躱《かわ》しつつ、地面まで押し戻されてしまう。

空を見上げて確認すれば、泥の発生源は当然ながらソレであった。背中、十二枚の翼の根本から、粘性を帯びた黒い物体がとめどなく溢《あふ》れ出ている。

ぼたり、ぼたり……地面に叩《たた》きつけられて不気味な音を立てる泥は、不思議と人間にぶつからなかった。

そのまま大地に沈み込んでいくと思われた泥だが、どうも様相がおかしい。無数に降り注いだ一つ一つが、自我を持ったように動き出す。

光沢がないことから泥に見えたそれらは、スライムに近しい性質なのかもしれない。ただ、スライムにしては動き方が異質すぎる。

それらは、絶えず形を変化させる。上に伸びては崩れ、横に伸びては崩れ……目指す形があるかのように、不定形のそれらは蠢《うごめ》く。

「これは……今回ばかりは駄目かもしれないな」

想像する地獄よりもおぞましい光景を見て、パトリックは本気で世界の終わりを覚悟した。ユミエラがその気になれば、終末を引き起こすことすら簡単にできてしまう。

絶望的な状況下で、彼は再び空へと跳躍する。

空に座すソレを目指し、上へ上へ。

「ユミエラ！　俺は何度でも――」

そして墜落する。

「……一体、何が？」

彼は風魔法を用いて上昇していた。ある程度の高度も稼いでいたはずだ。

しかし次の瞬間、地面に突っ込んでいた。弾《はじ》き返されたわけではない。確かに上へと向かっていたはずなのに、気がついたら真下に全力で進んでいた。

どんな事象が起こったのかを確認するべく、パトリックは小石を拾い上げて空に向かって投げる。

天に向かって直進していた石は、ある高度で真横に軌跡を変える。上、右、下、上……石は規則性を見いだせない動きでジグザグに動き、あるときは曲線を描き、勢いを落としていった。

少しずつ速度を削《そ》がれ下方向に動き、パトリックの顔の前でピタリと止まる。そして、今度は加速しながら上へと登っていった。また不規則な動きで宙を飛び回り、最後はまた彼の前に落ちてくる。

今度は地面で数回跳ねてから動きを止めた。通常の物理法則に則《のっと》っている。

「空間が歪《ゆが》んでいるのか?」

石の主観では、放り投げられ真上に飛んで、重力に引っ張られて真下に落ちてきただけなのかもしれない。

ソレ周辺の空間がグチャグチャに歪んでいると考えれば、パトリックが墜落したことも説明できる。

彼女の元に辿《たど》り着《つ》くには、狂った空間をくぐり抜けなければいけない。絶望的な事実を悟り、彼は呆然《ぼうぜん》と空を見上げる。

「どうすれば……」

空間が歪めば、光すらも直進できない。こうして見えている彼女であるが、光は歪みに沿って曲がるため、見かけ通りの場所にいるとは限らないのだ。

絶望するパトリックに、横から気の抜けた声がかけられる。

「もう無駄ですよ。諦《あきら》めましょう」

「アリシアか」

パトリックは王城に幽閉されているはずの彼女がいたことを思い出す。

アリシアは虚《うつ》ろな目をしながら言う。

「あれ? あなた、どこかで見たことあるような……? まあ、どうでもいいですね」

「そうだ。ユミエラがああなる前、最後に会話をしていたのはお前だったはずだ。何があった？」

「原因を作ったのはわたしです。わたしが原因を作ったのかもしれないけれど、もうすぐ咎《とが》める人もいなくなるし、反省はもう遅いし、空は黒いし……はあ、別の大陸に逃げる必要も無くなりましたね。あははっ」

正気を保っているとは言い難いアリシアの話であったが、彼女に原因があるのは間違いない。その元凶こそが、この状況を打開する鍵《かぎ》になるとパトリックは考えていた。

「ユミエラに何をした？　何を言った？　あの温厚なユミエラが……温厚？　まあ、ユミエラがあそこまでなるなんて、余程のことだ」

温厚と形容してはいけない気がするが、ユミエラが精神的に安定していることは確かだ。気分一つで乱暴になる人物であれば、とうの昔にバルシャイン王国は焦土と化していた可能性が高い。

そんな彼女があぁなってしまうほどの逆鱗《げきりん》とは何か。パトリックに問われた彼女は、素直に禁忌の内容を答える。

「レベル13なら勝てると思ったんですけどね。属性相性でも有利ですし。……あれに勝とうなんて思ったのが間違ってました」

「あー」

パトリックは納得した。

……というか、薄々気づいていた。

ユミエラが先日似たような状況になったのも、レベルの低さについて煽られたときだ。実際にはレベルの下二桁《ふたけた》が13なのだが、お前のレベルは13で低レベルの雑魚《ざこ》だと言われるのは、彼女にとって耐え難いことらしい。

くだらない原因だったが、この惨状はどうにか収めなければならない。彼は憂鬱《ゆううつ》そうに深く息を吐く。

「そういう系統だとは思ったが……ユミエラは強いぞ！」

パトリックは腹に力を入れて彼女が強いと言うが、言葉が届いているかさえ定かではない。月に行くなどと言い出して家を出ていったユミエラだ。パトリックの存在に気がつけば、何かしらの反応がありそうなものだが全く見られない。そもそも彼を認識していないのだろう。

パトリックは周囲を見回す。もう自分一人ではどうしようもない。リューかエレノーラあたりがいれば状況も変わるかもしれないが、どちらも不在だ。呼び寄せるにしても、そんなことをしていたらそれこそ世界が終わってしまう。

彼の目に入るのは、ぼーっと立ち尽くすアリシアと、同じ様子のレムレスト兵たち。ただ人数が多いだけで役に立ちそうにない。しかし、それでも――

「……彼らに頑張ってもらうしかないか」

パトリックはため息をついてから、改めて声を張り上げて言う。風魔法も併用し、声を全軍に届ける。

「聞け！　俺はパトリック・アッシュバトン！　空にいるアレの婚約者だ！　今から彼女を元に戻

す。協力してくれ！」

声が響き渡るが、誰一人として反応しない。彼に視線を向けることさえしなかった。パトリックのみが声を張り上げる。

「ユミエラは強いぞ！　世界一だ！　ユミエラ最強！」

そのときだ。パトリックの言葉を受けて、明らかな変化が起こった。

地面を蠢く奇怪な泥たちが動きを止めたのだ。人間と意思疎通できるとは到底思えないソレらが、彼の言葉に聞き入るように静止する。

目を見張る出来事に、レムレスト兵たちは互いに顔を見合わせた。

畳み掛けるようにパトリックは呼びかける。

「ユミエラは弱いと言われて暴走した！　逆に、強いと褒め称《たた》えれば元に戻る！」

戻る……はずだ。パトリックも確信は持てない。不安が伝わってはいけないと、自分を騙《だま》すつもりで自信満々に言葉を紡ぐ。

「皆で声を張り上げろ！　その言葉がユミエラに届けば、世界は今まで通り続く！」

パトリックも世界の終わりを覚悟しているが、そんな様子はおくびにも出さない。

本気で世界は続くと信じる。本心でユミエラは戻ってくると確信する。世界の終焉《しゅうえん》なんて、ユミエラが望んでいるはずがないのだ。それを信じるくらい、パトリックには幾らでもできた。

「皆で世界を救おう！」

彼の生み出す空気の震えに、レムレスト兵たちが反応しだす。

諦めの悪いヤツもいたものだと憐れんでいた。しかし、あの溢れ出る自信は何だ？　アレを目撃して、誰もが一目見ただけで分かる終焉を目にして、何故《なぜ》あそこまで断言できる？

声に釣られて視線を向ければ、エメラルドグリーンの瞳《ひとみ》は希望で燦然《さんぜん》と輝いていた。

希望の光はレムレスト軍全体に伝播《でんぱ》する。空を覆い尽くす闇色に比べれば矮小《わいしょう》すぎる光だが、これこそが世界を救う光。

とあるレムレスト兵は体の震えが止まらなくなった。

先ほどまでは全《すべ》てを諦めて、何ならリラックスした状態だった。しかし、生き残る希望があると、世界が継続する可能性があると理解した。それと同時、死ぬかもしれない恐怖が身を包んだのだ。

死にたくない、生きたい！

自らの生存欲求。愛する人が住まう世界を守りたいという想《おも》い。世界救済に役立ちたいという虚栄心。

様々な人の心は、たった一つの言葉に集約される。

「ユミエラ最強！」

「「ユミエラ最強！　ユミエラ最強！」」

誰が言い出したかも分からない単純な言葉。

世界中の人々の、世界を愛する気持ち。それらを背負い、レムレスト軍は喉《のど》が潰《つぶ》れるまで叫ぶ。

静止していた泥に変化が起こった。不自然に自立していたそれらが、だんだんと潰れ始めたのだ。

ついには形を保てなくなり、地面に薄く広がる。

空にも変化が。天空に伸びる翼がゆっくりと倒れるように動き出したのだ。

それらの変遷で、事態が好転したのか悪化したのかも分からない。

だが彼らは叫び続けた。良い方向に進む未来を夢見て、ただ同じ言葉を繰り返す。

「「ユミエラ最強！　ユミエラ最強！」」

そして、皆の想いと言葉が重なり……ついには、世界を救う。

「「「ユミエラ最強！　ユミエラ最強！」」」


不定形の泥は蒸発するように消えていった。

空を覆い尽くす翼は、はらりと解《ほど》けるように霧散した。

漆黒の円環も姿を消して、暖かな陽光が降り注ぐ。

滝のような涙を流しながら叫ぶ隣国の兵士を眺めながら、パトリックはひとり冷静になっていた。

何だ、このわけの分からない状況は。どうして俺がこんなことをしているんだ。

自分を客観視して恥ずかしくなりながらも、ユミエラを戻すにはこうするしかないと思い直し、パトリックは駄目押しとばかりに言う。

「ユミエラは誰よりも強い！　世界中で一番だ！　過去にも、未来にも、ユミエラより強い者は存在しない！」

「いやいやいや、そこまでじゃない……とも言い難いよね」

闇は消え失《う》せ、晴れ渡った空の下、ユミエラが照れくさそうに言った。

◆　◆　◆

「いやいやいや、そこまでじゃない……とも言い難いよね」

ふと気がついたら、なんかすごいことになっていた。

とてもうるさい「ユミエラ最強」の大合唱は止まらないどころか、なおボルテージが上がる始末だ。少し前までは必死な声色だったと思ったが、嬉《うれ》しくて叫んでいる雰囲気がある。

「「「ユミエラ最強！　ユミエラ最強！」」」

いやいやいやいやいや。私が強靭《きょうじん》無敵最強なのは事実だけれど、こうして大勢に言われると恥ずかしいじゃないか。よく見たらアリシアも交ざっている。もうアリシアちゃんのことはよく分かりません。

これを第三者が見たら、私が強制的に言わせてると思うかもしれないし、はたまた破壊神を賛美する儀式をやっているとも取られかねない。

そして、私の前にはパトリックが立っている。

流石《さすが》に謎の儀式には参加していない。彼の声も聞こえた気がするのは気のせいだろう。パトリックは「ユミエラ最強！」とか言わない。

パトリックは無言で、私をじっと見つめている。

家出の言い訳は後からじっくり考えるつもりだったので、何を話せば良いのか分からない。第一声は……ひとまず流れで。

「えーっとね……月には行けなかったみたい」

第一声は絶対に間違った。他に言うことあっただろ。

パトリックは怒ってるよね。しかし、ゆっくりと近づいてきた彼に、私は力強く抱きしめられる。

「良かった……本当に良かった……」

え、何これ。どういう状況？

棒立ちで抱きしめられたまま、私は大混乱だった。

もしかして、私がいなくなってすごい寂しかったのかな？　たったの数日で、ここまで感極まるなんて、パトリックさん私に依存しすぎでは？　まあ、いいけどね。依存って言葉に良いイメージを持っていなかったけれど、恋人に依存されるとそれはそれで……。

「良かった。世界がもう、終わってしまうかと思った」

これ、依存とかじゃないですね。世界が終わるって何だろう？　私の知らないところで大事件が起きていたみたいだ。

冷静になってみれば、ここは敵陣のど真ん中だった。映画じゃないんだから、敵はご丁寧に待ってくれない。好機とばかりに襲いかかってくるだろう。

名残惜しいが、パトリックを押しのけて抱擁から脱出し、周囲の様子を窺《うかが》う。

まず目に入ったのはアリシアだった。彼女は滝のように涙を流しながら、私たちを見ている。

「うぅ……生きているって素晴らしいですね」

生きる喜びを実感している。なんだこれ。

状況は飲み込めないが、私は目的を忘れたりはしない。負けた演技をしなきゃいけないのだ。本懐を遂げるべく、苦しそうに胸を押さえて言う。

「うぅ、封印の影響が……ここは一旦《いったん》退《ひ》くしか……」

「「ユミエラ最強！　ユミエラ最強！」」

誰《だれ》も聞いてねえや。ホントに何なのソレ？　流行《はや》ってるの？

流行語大賞が「ユミエラ最強！」になったら嫌だなあ。ＳＮＳとかで「ユミエラ最強！」がトレンド入りしたりするんでしょ？　もう恥ずかしくて表を歩けなくなる。絶対に誰も呟《つぶや》かないでほしい。

どうすれば良いか分からなくなって、私はパトリックに助けを求める。

「どうしよう？　私、負けなきゃいけないんだけど。あ、パトリックのお兄さんに言われてね。勝ちすぎても恨まれるだけだから――」

「兄上の課題なら知っている」

あ、ここに来たってことはギルバートさんの手紙を受け取ったのか。ならば話は早い。

パトリックのアドバイスがあれば万事うまく行くはずだ。少しズルいかもしれないけれど、元々の予定ではドルクネス領に手紙が来てから私が動く手筈《てはず》だった。彼に助言を貰《もら》う機会がなかった今の状況はイレギュラー、ここからパトリックの協力があってもギルバート氏もケチはつけまい。

「これからどうすればいい？　パトリックなら上手《うま》い対処法を思いつくでしょ？」

彼なら最善手を教えてくれる。私は心の底から恋人を信用していた。

パトリックは苦笑いして、しょうがないなという表情で口を開く。

「無理だな。諦《あきら》めろ」

爽《さわ》やかに断言された。

無理かあ……パトリックが無理って言うなら、無理なんだろうな。

「ああ、そう」

「帰ろう。みんな待っている」

そうして、私たちは帰途についた。


レムレスト軍の中を素通りして、アッシュバトン方面へと歩く。

敵陣から出て、日が傾き始めた草原を二人で歩く。

「……ごめんね」

「いいんだ」

「良くないよ。この反省を活《い》かして、今度は必ず、月まで行くから」

「お前、反省してないだろ」

ああ、良かった。先程からパトリックが優しすぎて、逆に不安だったのだ。怒られる行いをしたのに、全く言及されないのも居心地《いごこち》が悪い。

久しぶりな彼のツッコミが入ったところで、私は改めて謝る。

「家出してごめん。結婚式をやりたくないっていうのは、わがまま", "すぎたよね」

「俺の方こそ悪かった。ユミエラはそういう催しが苦手と分かっていたのに、規模が大きくなるのを止めなかった」

「上手く負けられなくてごめん。ギルバートさんが結婚を認めてくれるチャンスだったのに」

「いいんだ。兄上は俺が説得するさ」

やっぱりパトリックがいつにも増して優しい。

横を歩く彼の横顔を見つめた。穏やかな表情だ。

「どうして今日は、そんなに優しいの？」

「さっきのアレを見て、ユミエラが帰ってこないかもしれないと思ったんだ。こうして無事に戻ってきてくれただけで、俺は嬉しいから」

「さっきのアレ……ああ、封印ね。私があんなのに閉じ込められるわけないって、パトリックも分かってたでしょ？」

「いや、その後の……」

「えーっと、何があったっけ？　少しぼーっとしてたみたいで、あまり覚えてないのよね」

「覚えてないなら、それでいい」

パトリックは酷《ひど》く疲れた顔をしてそう言った。

封印された後は、アリシアと会話して……あ、レベルを測ったんだっけ？　その後の記憶が曖昧《あいまい》だ。

私たちは小高い丘をゆっくりと登る。記憶が欠落しているときに何があったのか。パトリックは知っているようだし、聞いてみよう。


そこで後ろから声をかけられる。

「失礼」

後ろ？　レムレストの誰かが追って来たのだろうか。振り向けばアリシアと、彼女が逃げないように腕を掴《つか》んだ男性がいた。あっ、知ってる人だ。

「え？　騎士団長？」

「しばらくぶりだね。今回は我々の不手際で迷惑をかけて申し訳ない」

やっぱりアドルフ騎士団長だ。初めて陛下に謁見《えっけん》したときに会って以来だろうか。それからは顔を見ることはあっても、会話をすることはなかった。

「どうして貴方《あなた》が？」

「彼女を連れ戻しにきたんだ。アレも、少し離れた場所から見ていた」

アレと言うのは……封印のことかな？　助けに入らなかったことを謝る必要はないですよと会釈

で返す。

彼に連れられたアリシアは目が死んでいた。さっきは生きる喜びを噛《か》み締《し》めて感動していたのに……不安定すぎて心配になる。

「はあ……また不自由生活の始まりですね」

「君は反省をしないね」

不貞腐《ふてくさ》れるアリシアを見て、騎士団長は呆《あき》れ返《かえ》っていた。

完全に開き直っている彼女は、雑に吐き捨てる。

「もうレベル上げとかしなくて良くないですか？　騎士団長も見たでしょ？　鍛えるだけ無駄ですよ」

「それは……そうだな。命令があれば突撃するつもりだったが……戻ったら陛下に、無駄だと進言してみるか」

何の話だろうか。というか幽閉されていたアリシアはレベル上げもしていたのか。食事と寝床が保証されて、レベル上げもできるって幸せすぎない？　不自由だと不平を漏らしていた意味が不明だ。

「レベル上げは続けた方がいいですよ」

「あっ、違うんです！　ユミエラさんを倒すために鍛えていたとか、そういうんじゃなくて！　無理矢理やらされてたんです！」

前からそうだった。どうしてアリシアはレベル上げが嫌いなのだろうか。

やっぱり彼女は変わっているなと思っていると、パトリックが口を開く。思ったより鋭い声色でびっくりした。

「彼女が逃走できたのは、そういうことか。ダンジョン辺りでレムレストの人間が接触してきたな」

「申し訳ない。改めて陛下から詫《わ》びを贈る。対策は無駄だとも進言しよう」

アドルフ騎士団長が頭を深々と下げて言った。

そして、アリシアを引きずって向こうへと行ってしまう。


彼は何について謝っていたのか。それとパトリックは何故《なぜ》アリシア逃亡の状況が分かったのか。

私は質問しようとしたが、丘の上で待ち構えていた人物を見て、開きかけた口を閉ざしてしまった。

そこにいたのはパトリックの兄、ギルバートさんだ。

私は失敗した。彼の考案した計画を台無しにしてしまった。ネチネチと嫌味を言ってくるのだろうか、やはり結婚は認められないと薄ら笑いながら言うのだろうか。

しかし、彼は神妙な顔をして私たちを出迎える。

そして頭を深々と下げた。

「申し訳ない！　僕は勘違いしていた！」

「兄上⁉」

私も驚いたが、パトリックも驚いていた。

ギルバート氏にどのような心変わりがあったのだろうか。

「僕はずっと、パトリックが趣味の悪い女に引っかかったと思っていた。でも違うんだな、パトリック、お前は立派だよ」

「……兄上？」

お兄さんの誤った認識が解けたようで良かった。趣味の悪い女呼ばわりされてカチンと来たけど、それは過去の話。彼は違うと言った、趣味が悪い女ではないという意味だ。それはつまるところ、私が才色兼備な淑女であると認めたってことだ。

「アレを見て理解した。パトリックは変な女と結婚したがっているのではないのだな」

「はい、ユミエラは変なところもありますが――」

「僕が不甲斐《ふがい》ないばかりに、気がつけなくてすまない。パトリックは世界を守っていたんだな」

「世界を……え？」

「今までずっと、アレから世界を守っていたんだな。お前が犠牲になる必要なんてないのに……だが、僕にしてやれることはない。パトリックが結婚することで、世界に平穏が訪れるなら……いや、間違っている。一人を犠牲にして成り立つ世界は間違っている！」

ギルバートさんは今にも泣きそうな顔でパトリックを見る。

すぐさまガラリと表情を変えて、憤怒《ふんぬ》の顔を私に向けた。

「ユミエラ・ドルクネス！　僕は諦めない。蛇のように機会を窺い、いつの日か、パトリックを解放してみせよう！」

「はあ、そうですか」

「あのですね、兄上、俺は本当にユミエラが好きで——」

「分かっている。僕はパトリックの兄なんだから、弟が心の底でどう思っているかなんて、全《すべ》てお見通しだ。少し辛抱してくれ。にーさまが、何とかするから。僕は長男だから」

かくして、パトリックの兄ギルバート氏との邂逅《かいこう》は、新たな誤解を生み出して終わった。

エピローグ

私の家出に端を発した騒動から二週間。

本格的な冬が近づくドルクネス領の街を、パトリックと二人で歩いている。

朝方は冷え込んでいたが、正午を過ぎた今はポカポカと暖かい。

本当なら朝からデートの予定だったのが、急な来客があり出発が遅れた。そして、昼前には帰ってくる予定だったのが、今の時間になってしまったのだ。

「ライナスさんが来るとは思わなかったよね」

「あの変装は見事だったな」

来客とは、レムレストの諜報員《ちょうほう》であるライナスさんのことだ。

恰幅《かっぷく》の良い商人然とした人物が現れたと思ったら、瞬く間に細身の青年に変身したのには驚いた。

顔の割れていない別な人を使いに出せば良いものを、私の身を危険に晒《さら》したからと、自らが出向いてくる律儀な御仁だ。

彼は、現在のレムレストについて教えてくれた。

「レムレストがどうなってもあまり関係ないけど、ライナスさんにとって良い方に転んだなら良かったのかな？」

「どうだろう。レムレストの技術力が盤石になったということだから、バルシャイン王国の立場としては何だかな」

ライナスさんを含む、第一王子派は意外とどうにかなっているようなのだ。次代のレムレスト国王は、第一王子でほぼ決まり。当然、魔道具の研究機関である第一工廠《こうしょう》も存続を約束されたらしい。

目に見える戦功を挙げて、王位争いを有利に進めることが目的だったはずの彼ら。何も得ずに撤収したはずなのだが、功績をでっち上げたらしい。

「でも破壊神の降臨を阻止したって……」

嘘《うそ》をつくにしても、もう少しマシなものは無かったのかと思う。

しかしレムレスト国内では、第一王子派のプロパガンダは成功しているようだ。偶然発生した自然現象などを利用して信憑性《しんぴょうせい》をかさ増しした部分が大きいのだと思う。

二週間前、私がレムレストから帰ってくる直前くらいに、異常気象のようなものがあったらしい。らしいと言うのは、私は見逃してしまったからだ。珍しい自然現象を見られなかったのは残念。

まあとにかく、その異常気象を根拠にして、破壊神の降臨をギリギリのところで阻止したと主張しているようだ。

あれ？　答えが返ってこなかったので隣を確認すれば、パトリックは難しそうな顔をしていた。

「パトリック？　どうしたの？」

「……ん、ああ、すまない。何の話だったかな」

「破壊神なんていないって話」

「…………敵国の人間ではあるが、ライナスは信用できる人物だな。レムレストの新鮮な情報は貴重だ」

いや、私は破壊神の話題を振ったんだけど。パトリックとしては、取るに足らない与太話ってことかな。それにしてはライナスさんの話を大真面目《おおまじめ》に聞いていたような気もするけれど……。

ライナスさんが信用できるというのは私も同意だ。

「でも、都市伝説とか無駄な話もあったよね」

「鍛冶屋《かじや》に現れた、剣を握りつぶす女の話か？」

「うん、それ。隣の国で流行《はや》ってる作り話なんて、聞いてもしょうがないのにね」

彼は無駄な話までしていった。鍛冶屋の件は本筋に関係のないサブエピソードなのに、ご丁寧に教えてくれたのだ。

……まだバレてないはずだ。パトリックはあの場にいなかったのだから、奇怪！　剣握りつぶし女現る！　の正体が私だと分からないはず。

「それ、お前だろ？」

「……違います」

「ユミエラのしでかしたことが噂《うわさ》として広まっているから、ライナスも伝えようと思ったんだろ？　ユミエラ以外ありえない。それに時期も合う」

「…………はい、私がやりました」

「国内でやるならまだしも……いや、国内でも駄目か。……どうして外国で目立つようなことをするんだ」

お怒りのパトリックさんには、すいませんとしか言えないです。本当にすいません。

そうか、ライナスさんも噂の正体が私だと分かっていたのか。あ、正体と言えば……。パトリックの小言が続きそうなので、私は話題転換を図る。

「向こうの王都でライナスさんに会ったときにね、ギルバートさんがパトリックのお兄さんだって教えてくれなかったんだよ？　それはおかしくない？」

「普通に気がつかないか？　ギルバートという名前だし、多少は俺と似ていただろう？　ライナスだって、まさか二人が互いの正体を知らないなんて思うわけないだろう」

「あっ、そういうことだったのね。ライナスさんも少し抜けてるとこがあると思ってた」

「抜けているのはユミエラだろう」

「ギルバートさんもじゃない？　私から名乗るまで、私がユミエラだって気づかなかったよ」

「ああ、兄上も相当だ」

そんなギルバートさんは、私たちを誤解したままだ。

世界を滅ぼさんとするユミエラを、弟パトリックが恋人に収まることで食い止めている。……みたいな、てんで見当外れなことを真実だと考えている。

世界を滅ぼしたのは並行世界にいる2号ちゃんの方だ。今ここにいる私は、世界滅亡を企《たくら》んだことなんて一度たりとも無いのにね。

あーあ。私の人生、他人の誤解に振り回されてばかりだな。

そういうわけで、私とギルバートさんは関係改善どころか関係悪化、ほぼ最悪の域になってしまった。

「でも結婚式には出てくれるんだよね」

「兄上も独断専行が過ぎて、中々に絞られたようだからな」

今回のレムレスト絡みの一件、ギルバートさんは父親から一任されていたようだが、私を巻き込むのはやりすぎとの判定が下ったようだ。

辺境伯から絞られて、エキセントリックな母にエキセントリックに叱《しか》られて、大好きな弟にも文句を言われ……ギルバート氏は血の涙を流しながら私に謝罪し、結婚式への出席を約束したのだ。

彼が不服なことは一目瞭然《いちもくりょうぜん》だが、問題は解決したと言えなくもない……のかな？

しかし、義理の兄が出席しようとしまいと、結婚式が面倒この上ない儀式であることは変わらない。ウエディングケーキが存在しないことも、つい先日に証明したばかりだ。

パトリックもそういう畏《かしこ》まった式典は好まないはずだけど、どうしてそんなに固執するのだろうか。常識とか世間体とか。そういう理由だと勝手に決めつけていたけれど、他にも結婚式に拘《こだわ》る理由があるのかもしれない。

「パトリックは、どうしてそんなに結婚式をやりたがるの？　あなたにとって何か良いことってある？」

「良いこと……。ユミエラと結婚できるのは嬉《うれ》しいから……では駄目か？」

「式をしなくても婚姻関係にはなれます」

「じゃあ………ユミエラのウエディングドレス姿が見られる」

ウエディングドレス。

衣服とは、体毛を退化させた人類が体温調節や皮膚の保護のために作りだした物だ。気候や風土によって求められる性質に差はあれど、動きやすさも重要な要素であることは間違いない。

機動性という点においてウエディングドレスは最悪の部類に入る。衣服を名乗るのが烏滸《おこ》がましいほどで、分類としては拘束具に近しい物である。

そんなウエディングドレスを見たいなんて、パトリックは変わっているなあ。

「……あ、そういうことか」

「また変なことを思いついたな」

パトリックは呆《あき》れ声を上げるが、私は真実を見つけたのだ。

美少女が出てくるソーシャルゲームにおいて、季節限定のイベントガチャなるものが存在する。夏であれば水着、冬であればサンタ、学園イベントや和装イベントなるものもよく見かける。既存のキャラが様々なコスチュームになり、場合によってはオリジナルより性能が上がった状態で登場する。

この、服装が変わるという点が重要だ。つまり世の男性陣は、女の子がいつもと違う服装であることを喜ぶ習性を持っている。

そんなフェティシズムにおいて、パトリックはいわゆるウエディングドレス萌《も》えというヤツなのだ。

「パトリックさんに質問します」

「急にどうした？」

「私が着て嬉しい服装を、以下の選択肢から回答してください。セーラー服、水着、サンタ服、巫《み》女《こ》服、ウエディングドレス……さあ、どれ！」

「半分くらい知らない服だった」

実物を見せられないので説明が難しいけれど、説明力には自信がある。

言語のみで、おおよそ正しい認識を持ってもらうことなど容易《たやす》いだろう。

「セーラー服は、元は水兵の制服で、背中に垂らした大きな四角い襟が特徴なんだけど、船上で互いの声を聞くために頭の後ろに広げて使うの」

「大きな襟巻きが付いているのか？　そんな奇抜な服は着てほしくない」

「サンタ服は、サンタが着てる服ね。サンタっていうのは、私が大嫌いな行事に合わせて子供の家に忍び込むお爺《じい》さん。それで全身が真っ赤《まっか》」

「犯罪か!?　それに、なぜ赤い!?　怖い話か？」

「巫女服は和服っぽい感じ。左前……襟を重ねる順番を逆にすると死ぬ。私はどっちが左前か分かってない」

「何の呪《のろ》いだ。半々で死ぬ服はまずいだろう」

「水着とウエディングドレスは分かるよね？」

「それは分かるが……残りが全部、ヤバい服すぎないか？」

セーラー服も巫女服も、そこまでヤバい服ではないと思うけれど……。

私はちゃんと説明したので、認識の相違ができているとしたらパトリックの読解力の方が問題だ。

私が改めて選択肢を挙げ、どれを着てほしいかを聞くと、彼は当たり前のように答えた。

「その中なら、普通に考えてウエディングドレスじゃないか？」

「やっぱり。そういうことね」

「どういうことだ？」

コアな性癖を晒しているというのに、パトリックは理解していない様子だった。

そうか、彼はウエディングドレス好きか。期間限定、星5ユミエラ（花嫁衣装）みたいなキャラが出れば破産するまでガチャに突っ込むタイプか。

いいよ、あなたがそこまで言うなら、確定演出だ。

「パトリックにウエディングドレスを見せないといけないから、結婚式はやらないとね」

「それは嬉しいんだが、何か思い違いをしていないか？」

「してないって」

ウエディングドレスを着た私に、彼はどんな反応をするのだろうか。愛が大きくなりすぎて、とんでもないことになるかもしれない。具体的には……きゃー、恥ずかしー。などと考えているうちに私自身も結婚式が少し楽しみになってきた。

そんな会話をしているうちに屋敷が近づいてきた。

最近は一人で出かけて一人で帰ってくることが多かったので、こうして誰かと一緒に歩くのが楽しい。

今日はデート……つまり二人でダンジョンに出向いたのだった。

「そう言えばさ、どうして今日は一緒に来てくれたの？　パトリックはもうこれ以上レベルが上がらないんだし、ダンジョンに行く意味が無いじゃない？」

「何だか嫌な予感がしてな……今日の様子を見るに杞憂《きゆう》だったようだが」

「なにそれ？」

ここ二週間ほど、私は毎日のようにダンジョンに通っていた。またレベルのことしか考えないで……と怒られそうな案件だが、これはパトリックから勧められたものなのだ。

パトリックは、私のレベル下二桁《ふたけた》を90台にするべきだと主張している。事情を知らない人が私を見ても、弱いと思われないくらいの数字があった方が良いらしい。

私自身、下二桁は13だろうが99だろうがどちらでも良いと考えている。でもまあ、大手を振ってダンジョン通いの日々を送れるのだから、これを逃す理由はない。

「レベルは毎日測っているんだろう？　90台まで、あとどれくらいだ？」

「……んー。そろそろかな」

パトリックの予感も当たるものだと戦々恐々としながら、私は平然と言う。

違和感は持たれなかったようで、彼は普通に会話を続けた。

「そうなったら領主の仕事に戻らないとだな」

「そうだね。異常気象の影響も調べないといけないし」

「あー、アレかぁ」

レムレストの第一王子がプロパガンダに使った、二週間前の異常気象はとても興味深い。

空一面に黒い模様が広がったとか。世界規模で見られた現象のようで、私は日食のような天体イベントであると考えている。

日食であったりハレー彗星《すいせい》であったり、そういうイベントには終末論が付き物で……。世界終《しゅう》焉《えん》の始まりであるとか、邪悪な存在が降臨した余波であるとか、オカルト的な言説が広まっている。

ああ、見逃したのが悔やまれる。話を聞く限り、土星の輪っかのような模様が空にあったらしい。

「パトリックは見られたんだっけ？　いいなあ、もう一度起きないかな」

「俺は二度と起こってほしくない」

確かに農作物などへの影響が無いとも言い切れない。だからこそ調査が必要なわけで……。

世界規模の現象らしいから、私がわざわざ調べなくても自然と情報は入ってきそうではある。だからと何もしないのも違う気がする。

でも、どんな調査をすれば良いのか皆目見当がつかない。頭を悩ませているうちに領主の屋敷に到着した。

「俺は剣の手入れだけしてくる」

「うん」


帰宅してパトリックと別れた後も、私は謎の自然現象について考えていた。

また発生しないものかと思い、私は窓辺に立って空を見上げる。すると後ろからエレノーラに声をかけられた。

「ユミエラさんどういたしましたの？　お空に何か見えます？」

「エレノーラ様も見られたんでしたっけ？　この前のがもう一度出てこないかなあ……と」

「え⁉　またやる気ですの⁉」

「また？　……あ、家出の話じゃなくて、空に浮かび上がった黒い縞模様《しまもよう》ですよ」

悔しいかな、例の現象を見ていないのは私くらいなのだ。みんな見ているのに、私だけ話題に取り残されてしまった。

私が悲しんでいると、エレノーラは頬を膨らませて怒り出す。

「もうアレは見たくありませんわ。わたくし、すごい心配したんですのよ！」

「発生の原因は何でしょうね？　みんな見てるのに私だけ見られなくて、蚊帳の外にいる感覚なんですよ」

「蚊帳の外というか、中心というか……ユミエラさんがアレを見るのは難しいと思いますわ」

「……あれ？　この前パトリックにも似たようなことを言われたような。私が観測するのは無理だとか。どうしてですか？」

「あー、自分の寝顔を見るのは無理……みたいなことだと思いますわ」

カメラの無い世界で、自分の寝姿の観測は不可能だ。それは、つまり、どういうこと？

この件について、近しい人に色々と話を聞いているが、全員が何か隠し事をしている雰囲気がある。

薄々と感じてはいたが、例の現象の発生源って……私？

「私、また何かやっちゃいました？」

「そんなわけありませんわ！　ユミエラさんは翼を出せないでしょう！」

「翼……というのは初耳です」

「……リューの翼は立派ですわよね」

「ですね！　頑張って動かしているところが最高に可愛《かわい》いですよね！」

畳んでいても可愛いリューの翼であるが、ばさばさしているときも可愛らしい。

……はて？　何の話だったっけ？　えっと、確か、黒い……黒いのはリューの翼か。

そこでエレノーラに腕を引かれて、記憶を遡《さかのぼ》る作業が中断されてしまう。

「それより！　馬車が三台も来ていますわ。全部、贈り物らしいですわよ。ドレスも沢山ありましたし、冷える魔道具も見えましたからお菓子もあると思いますわ」

「誰《だれ》からですか？」

「大きな馬車に王家の印がありましたわ」

じゃあ国王陛下からだろう。馬車三台とは、搬入が大変そうだ。

しかし何故《なぜ》このタイミングでプレゼント？　アリシアを逃してしまった謝罪だろうか。

「遅れて、目録を持った使者の方が来るんでしょうね」

「その前に、少し見に行きません？」

「ドレスとかはエレノーラ様が着てくださいね」

エレノーラは公爵家から数着のドレスや少しの装飾品を持ち出しただけで、以来は何も新調していない。私は彼女を甘やかしたいので、好きなだけ買って良いと言っているが、このお嬢様も中々に頑固だ。こういう機会があればエレノーラも新しいドレスを着るはずだ。

「だ、駄目ですわ。ユミエラさんへの贈り物ですもの。わたくしの物ではありません。背丈も違いますし」

「多分ですけど、エレノーラ様にピッタリの物が結構な数あると思いますよ」

「だとしても、駄目ですわ……でもユミエラさんが着ないならもったいないですわね……」

私がドレスを貰《もら》っても喜ばないことは王家の方々は承知している。じゃあ沢山のドレスはエレノーラに向けた物と考えて問題ないだろう。

彼女は口で拒否しつつも、嬉しそうにソワソワした様子を隠せていない。

「一緒に見に行きましょう」

私たちは歩いて、使用人用の玄関口へと向かう。

「ユミエラさんと過ごせそうで嬉《うれ》しいですわ。帰ってきてから、ずっと忙しそうにしているんですもの。レベルを90くらいにするんでしたっけ？　あとどれくらいですの？」

パトリックには隠していたけれど、エレノーラには言っちゃっていいかな。

「昨日《きのう》、水晶で確認したら98でした」

「え⁉　あの、ユミエラさん？　99の次は1に戻るのでしたわよね？」

「1じゃなくて0ですよ。99の次の数字は100でしょう？」

「あわわわ……どえらいことになりましたわ」

最近はこころなしか言葉遣いが乱れてきたエレノーラ様は、口元に手を当て動揺を隠さない。

そうだ。今日はダンジョンから帰ってきてレベルを測っていない。習慣化を目指しているのだが生来のだらしなさからか、どうにも忘れてしまう。私はサッと水晶を取り出した。

「今日は99になっているはずです」

限界突破して以来、本格的にレベル上げを始めたわけだがレベルアップの速度はそこまで変わっていない。レベルが上がれば上がるほど必要経験値が増えるのはお約束だけれども、当てはまらないパターンのようだ。

この二週間でレベル13から98まで持っていったのは自画自賛したくなるほどの速さだ。

久しぶりにレベル99……に見えるユミエラが登場するのだけれど、エレノーラは水晶を目にした途端、廊下を逆方向へと走り出す。

「パトリック様！　どこにいますの！　大変なことになりますわ！」

エレノーラちゃんは相変わらず騒がしいなあ。

騒がしくはあるが不愉快ではない。むしろ平和を実感できる。

今日も、そして明日も、平和な日々が続きますように。そう願いを込めて、手にした水晶を覗《のぞ》き込む。

表示されたのは、00の数字。

「パトリック様！　大変ですわ！」

「何があった⁉　ユミエラは何をしでかした⁉」

「レベルが一周しそうですわ！　昨日でもう98と言ってましたわ！」

「早すぎるっ！」

00の数字を見つめる。へー、0じゃなくて00の表記なのか。エレノーラとかは01って表示されるから予想は可能だった。でもレベル0の人っていないから、これを見たのは私が初めてかもしれない。

貴重な場面を、みんなにも見せてあげよう。

顔を上げてみれば、パトリックとエレノーラが私の前にいた。

「ユミエラは強い。俺は知っているから。レベル上限が無くなっているから、これはゼロじゃないんだ。分かるだろう？」

「ユミエラさんは最強ですわ！」

二人ともどうしたんだろう？　最強って連呼されるのは、先日の一件でお腹《なか》いっぱいになってるからやめてほしい。

ああ、それより00だ。

「ねね、見てみて！　これって珍しくない？」

「え？」

パトリックたちは拍子抜けした様子で00を見る。やっぱり00ってカッコいいな。ダブルオーって読むと余計にカッコいい。

ポカーンとしている二人だが、先程まで慌てていたのは何故だろうか？　不思議に思っているとパトリックが説明してくれた。

「レベルがゼロになったと思ったら、ユミエラがまた暴……ショックを受けるんじゃないかと。無用な心配だったな」

「パトリックは、この数字が99付近の方がいいと思ってるんだっけ？」

「まあ、人前でレベル測定の魔道具を使うことを考えれば、90台にした方が良いのだろうが……もう一度上げ直すのは大変だからな……」

ああ、やっぱり見かけ上のレベルが低いのはよろしくないのか。じゃあ仕方ない。

パトリックに昨日時点でのレベルを隠してまで成し遂げた真の目的だ。口の端をつり上げて言う。

「大丈夫。また上げ直すから！」

「お前……まさか、わざと――」

「本当にユミエラさんは……」

全《すべ》ては私の手のひらの上だと気がついた彼は、愕然《がくぜん》と目を見開く。

エレノーラは呆《あき》れ顔《がお》でため息をついていた。

「国王陛下から贈り物が届いてるんだって、パトリックも一緒に見に行きましょう」

今度も一周しゼロに戻ってしまっても……そのときはまた、レベルを上げ直せばいいだけ。

私のレベル上げはまだまだこれからだ――

あとがき

お久しぶりです、七夕《たなばた》さとりです。前巻から間が空いてしまいましたが、4巻も手にとってくださり誠にありがとうございます。

4巻が遅かったことに対する謝罪を書き連ねようと思いましたが、卑屈極まる文字の羅列を見ても皆様は何も楽しくないでしょう。ですので、何か楽しい話を……あっ！　嫉妬《しっと》の話をします！

嫉妬というか、悔しいという感情のお話。ドロドロとした怨念《おんねん》じみたものではなく、ライバルに対してのようなサッパリ系の感情です。

もともと小説・漫画・アニメなどは好きで良く見ていました。面白い物を見つけたとき、純粋に嬉《うれ》しい楽しいと感じていました。

しかし最近は、面白いと同時に「悔しい」とも感じるようになったのです。原因は明白、小説を書くようになったから。

もちろん、全方位に無差別に悔しいと思っているわけではありません。むしろ、悔しいと思わないお話の方が多いです。ジャンルの違う物、例えばＳＦや少年漫画などは純粋に楽しめます。

特に悔しいと思うのは、『悪役令嬢レベル99』とジャンルの似通っているものです。牛丼には嫉妬しないけれど、どら焼きには対抗心をバリバリ燃やす大福……みたいな感じでしょうか。同じ食べ物でも牛丼は別世界なので気にしないのですが、自分と同じ和菓子は気になります。

『悪役令嬢レベル99』と似たジャンルって悪役令嬢モノのこと？　と思われそうですが、そうとも限りません。悪役令嬢モノでも、溺愛《できあい》甘々恋愛小説は「うおぅ……甘すぎるぜ」とニヤニヤしてしまいますし、内政系は「おおっ、作者さんの知識量がえげつない」と感心しています。同じ悪役令嬢モノでも、内容は和菓子と洋菓子くらい別物だったりしますよね。大福屋さんなので、マカロンやガトーショコラを食べても美味《おい》しい以外の感想は持ちません。

私が悔しいと感じるのは、女性主人公でコメディ要素が強めのお話。小説に限らず漫画なども、その要素が強いと悔しいと感じてしまいます。やはり悪役令嬢モノが多めです。

悔しい。その手があったか。自分じゃそこまで面白く展開できない。……そんな感情を抱きつつも、和菓子は大好きなので手当たりしだいに食べてしまいます。

お饅頭《まんじゅう》やお団子を食べながら「うまい！　うまい！　うまい！　……でも悔しい」と連呼し、大福を作っている変人が私です。

どの和菓子も違った良さがあります。大福と羊羹《ようかん》、どちらが優れているかなんて誰《だれ》にも決められません。全員がオンリーワン。みんな違ってみんないい。

そんな、平和ぼけした大福屋さんの前に現れたのは……。苺大福《いちご》です。


苺大福。大福の要素を引き継ぎ、苺という唯一無二の武器を持つもの。大福の完全上位互換。

『悪役令嬢レベル99』のコミカライズ版です。

いやいやいや。苺が入った、全《すべ》てが絵になっただけでしょ？　餅《もち》とあんこの部分は一緒、ストーリーは同じだからね？　そう思ってぱくりと一口、圧倒的な衝撃。めっちゃ美味しい、大福部分も美味しくなっていて、苺の酸味が更にあんこを引き立てている。

悔しい。苺の分で負けるならまだしも、あんこでも負けた気がする。

苺大福に使用されているあんこは、ウチの大福のあんこと少しだけ違います。アリシアがスゴイいい子になっているのです。そのあんこが欲しい！

美味しいあんこ、コミカライズ版のアリシアを再現しようとして、全く別のモノが完成してしまったのが本巻です。本編を読んでいただければ分かると思いますが、何というか、どうしてこうなったのか……。


あ、苺大福……じゃなくて、コミカライズの単行本1巻も好評発売中です。デフォルメされたユミエラが大福のようにプニプニでかわいいので、まだの方はぜひお買い求めください。

悔しいですが苺大福が美味しいのは事実ですので、全力でオススメします。

……と、まるでコミカライズがきっかけでアリシアを再登場させたような言い方をしましたが、それ関係なしにアリシアを出したい思いはありました。小説1巻でのアリシアの扱いについて後悔していたのです。彼女は、魔王や邪神のように敵役を演じきったわけでもなく、公爵のようにユミエラお笑い時空に引きずり込まれたでもなく、中途半端な最後となっていました。

アリシアを再登場させて、彼女自身にも変化と成長（？）があり、ある程度コメディとして成立したような気がしています。後悔も少しは薄れたような、薄れていないような……？

以上、和菓子に嫉妬する大福屋さんが、苺大福を勝手にライバル視してウダウダ考える話でした。いつの日か生クリームの力を手に入れて、生クリーム大福を作るのが目標です。

4巻も引き続き、Ｔｅａ先生にイラストを描いていただけました。巻頭にある口絵見開き、壊れたユミエラが最高です。

申し訳ありません、最後になりました。いつもご迷惑をおかけしておりますお二人の編集様、イラストレーターのＴｅａ先生、校正さんと出版に関わった全ての方々、引き続きこの本を手にとってくださった皆様、本当にありがとうございます。

カドカワBOOKS

悪役令嬢《あくやくれいじょう》レベル99　その4
〜私《わたし》は裏《うら》ボスですが魔王《まおう》ではありません〜

2021年4月10日　初版発行
2023年12月10日　3版発行

著者／七夕《たなばた》さとり

発行者／山下直久

発行／株式会社KADOKAWA

〒102-8177
東京都千代田区富士見2-13-3
電話／0570-002-301（ナビダイヤル）

編集／カドカワBOOKS編集部

印刷所／大日本印刷

製本所／大日本印刷

●お問い合わせ
https://www.kadokawa.co.jp/（「お問い合わせ」へお進みください）
※内容によっては、お答えできない場合があります。
※サポートは日本国内のみとさせていただきます。
※Japanese text only

ISBN 978-4-04-073862-8 C0093